효(孝)를 읊고 경(敬)을 노래하다

효(孝)를 읊고 경(敬)을 노래하다

옛 시조 속의 효경사상

황성만·원용준 지음

다른생각

국립중앙도서관 출판시도서목록(CIP)

효(敬)를 읊고, 경(敬)을 노래하다 / 지은이: 황성만, 원
용준. -- 서울 : 다른생각, 2013
  p. ; cm. -- (다른생각 인문교양 ; 2)

검색을 위한 부분표제: 효를 읊고, 경을 노래하다
ISBN 978-89-92486-18-7 03810 : ₩13000

시조(문학)[時調]
효[孝]
유창(고려)[劉敞]

811.3-KDC5
895.71-DDC21   CIP2013015316

효(孝)를 읊고 경(敬)을 노래하다

초판 1쇄 인쇄 2013년 8월 20일
초판 1쇄 발행 2013년 8월 25일

지은이 황성만·원용준
펴낸이 이재연
편집 디자인 박정미
표지 디자인 배기열

펴낸 곳 다른생각
  주 소 서울 종로구 창덕궁 3길 3 302호
  전 화 02) 3471-5622
  팩 스 02) 395-8327
  이메일 darunbooks@naver.com
  등 록 제 300-2002-252호(2002. 11. 1)

ISBN 978-89-92486-18-7 03810
값 13,000원

* 잘못된 책은 구입하신 서점이나 저희 출판사에서 바꿔드립니다.

우리는 일상생활에서 '효', 즉 효도를 늘 접하고 있다. 효는 가족 윤리의 근거이면서 한국 전통문화의 중축을 이루는 것이다. 그래서 우리는 효가 무엇인지 아주 잘 알고 있다고 생각한다. 그런데 막상 효에 대해 이야기해 보면 각자 생각하는 효가 매우 다르다는 것을 깨닫고 놀라게 될 것이다. 그 이유는 동양과 서양에서의 효, 옛날과 오늘날의 효, 그리고 사람마다 생각하는 효가 모두 다르기 때문이다. 내가 생각하는 효를 아무리 상대에게 납득시키려고 해도 상대가 인정하지 않는 경우도 많다.

『논어』에는 이런 이야기가 나온다.

공자의 제자 재아가 공자께 말하였다. "3년상은 너무 깁니다. 1년으로 줄여도 충분합니다. 군자가 상을 당하여 3년이나 예를 수양하지 않는다면 예는 분명 무너지고, 3년이나 음악을 연주하지 않는다면 음악은 반드시 엉망이 될 것입니다. 1년이면 묵은 곡식을 다 먹고 새 곡식이 상에 오르며, 불씨 만드는 나무도 바뀌니 1년이면 충분합니다." 그러자 공자께서 물었다. "부모님이 돌아가시고 3년도 지나지 않아 쌀밥을 먹고 비단옷을 입는 것이 넌 편안하냐?" 재아가 대답하였다. "예. 편안합니다." 공자께서 말씀하셨다. "네가 편안하면 그렇게 하여라. 군자가 상을 치를 때 맛있는 음식을 먹어도 달게 느껴지지 않으며, 음악을 들어도 즐겁게 느껴지지 않으며, 거처함에 편안하지 않기 때문에 그렇게 하지 않는 것이니, 네가 편안하다면 그렇게 하여라." 재아가 밖으로 나가자 공자께서 말씀하셨다. "재아는 어질지 못하구나! 자식이 태어나서 3년은 지나야 겨우 부모 품에서 벗어나게 된다. 그래서 3년상은 모든 사람에게 공통된다. 재아도 3년의 사랑을 그 부모에게 받았을 터인데……."

당시 모든 사람의 상식이었고, 더구나 대스승으로 여겨지던 공자도 지지하는 3년상을 그 제자는 납득하지 못했다. 재아는 불효자였을까? 그렇지는 않을 것이다. 다만 자신의 생각이 옳다고 믿었기 때문에 스승의 말씀조차 인정할 수 없었던 것이리라. 현재를 살아가는 우리가 재아보다 낫다고 할 수 있을까? 효의 의미에 대해, 공경의 의미에 대해 다시 생각할 때가 된 것은 아닐까?

이 책은 우리 조상들이 감정으로 느끼던 효를 찾아내어, 다시 한 번 그 의미에 대해 서로 생각해보고자 하는 의도에서 기획되었다. 그 기획에는 이성으로 논증하는 글이 아니라 감정으로 느끼던 효를 찾을 수 있어야 한다는 것이 중심이었다. 이성으로 논증하는 것은 상대를 설득시키기 어렵다. 우리가 갖고 있는 감정에 호소할 때 비로소 서로 이해하고 공감하게 될 것이다. 그런데 우리 조상들이 쓴 글들 중에는 우리의 감정에 호소하는 장르가 있다. 바로 시조다.

시조는 고전문학의 한 양식이자 우리 민족의 언어적·문화적 유산으로서, 그 자체가 알아야 할 대상이다. 더구나 우리 선조들이 오랜 기간 동안 이를 활용하여 자신의 사상을 드러냈고, 변화·발전시켜 왔다는 점에서, 우리 민족의 의식구조 안에 각인되어 있고, 그것으로부터 발현될 수 있는 주체적 성격을 지니는 것이기도 하다. 시조의 주제는 매우 다양하다. 유교적인 강상(綱常)을 바로 세우기 위한 충과 효가 중심이 되는 도덕적인 교훈을 담은 것들도 있고, 강호에서 자연과 벗하면서 유유자적하는 무위자연을 중시하는 경향도 있다. 그 밖에 사랑과 이별 같은 감정을 승화시킨 작품들도 다수 있다.

이 책은 시조의 다양한 주제 영역들 중에서도 '효'와 '경'을 중심 주제로 삼은 작품들을 선별하여 수록하고 해설하였다. 효를 주제로 한 시조가 26수, 경을 주제로 삼은 시조가 22수이다. 앞에서도 언급했듯이, 효도는 가족 윤리의 근거이면서 한국 전통문화의 중축을 이루는 것인데, 한국 문학에서 또한 중심축을 이루는 시조 속에는 그 실상이 선명하게 드러나 있다. 시조를 통해 효·경 사상을 살펴보려는 것은 지금까지 없었던 새로운 시도이다. 이 시도를 통해 우리 조상들이 효도와 공경을 어떻게 생각하고 있었는지를 알아보고자 한다. 그 여정을 통해 종전의 효 사상에 대한 주장이 피상적이거나 당위적인 측면에 그쳤던 것에 비해, 시조에 담긴 조상들의 호소를 읽으면서 눈물을 흘리고 미소짓고 감동을 받는 등 몸으로 느끼도록 하고 싶다.

효와 경을 문학적 감성 속에서 절실하게 느끼게 된다면, 이는 효를 통한 개인 윤리를 확립하는 데 도움이 될 것이고, 나아가 사회 윤리로 확장할 수 있을 것이라고 생각된다. 따라서 이 책의 편찬과 보급은 현대 산업화 사회 안에서 효와 경을 바탕으로 하는 참된 윤리 의식의 배양에 이바

지할 것으로 기대한다.

　이 책이 나오기까지 많은 도움을 주신 분들에게 감사드리며, 독자 여러
분의 애정어린 질책을 기대한다.

2013년 여름

황성만, 원용준

차 례

제1부 | '효(孝)'를 읊다

1. 아버님 날 나흐시고 / 주세붕(周世鵬)   13
2. 아바님 날 나흐시고 / 송순(宋純)   17
3. 뫼흔 길고 길고 / 윤선도(尹善道)   21
4. 어버이 날 느흐셔 / 낭원군(朗原君)   25
5. 설워라 설워라 해도 / 정인보(鄭寅普)   30
6. 뉘라셔 가마귀를 / 박효관(朴孝寬)   34
7. 어버이 자식 수이 / 김상용(金尙容)   38
8. 반중 조홍감이 / 박인로(朴仁老)   42
9. 왕상의 이어 잡고 / 박인로   47
10. 희문과무은무식(喜聞過無隱無識) / 안창후(安昌後)   51
11. 부모는 죽 자시며셔 / 김계(金啓)   55
12. 어버이 사라신 제 / 정철(鄭澈)   60
13. 촌마도 못흔 푸리 / 박선장(朴善長)   64
14. 부혜 날 나흐시니 / 김수장(金壽長)   67
15. 삼천죄악 중에 / 박인로   71
16. 아비는 나으시고 / 박인로   76
17. 부모 구존흐시고 / 이숙량(李叔樑)   80
18. 긔 엇진 말이온고 / 강복중(姜復中)   85
19. 소자달아 소자달아 / 정광천(鄭光天)   89
20. 부모 공덕 알냐거든 / 이세보(李世輔)   93
21. 우회(又懷) / 김충선(金忠善)   97
22. 세월이 여류흐니 / 김진태(金振泰)   100
23. 시하 쩍 져근 고을 / 신헌조(申獻朝)   103
24. 천지간 지락사는 / 백경현(白景炫)   107
25. 부모ㅣ 생아흐시니 / 허강(許橿)   111
26. 아불효친흐니 / 안민영(安玟英)   114

1. 형제암가(兄弟巖歌) / 이종검(李宗儉)   119

2. 꿈에 증자씩 뵈와 / 조광조(趙光祖)   124

3. 늘그니는 부모 곧고 / 주세붕(周世鵬)   130

4. 군자가(君子歌) / 주세붕   134

5. 고인도 날 몯 보고 / 이황(李滉)   137

6. 당시에 녀든 길흘 / 이황   143

7. 두 셩이 혼 딕 모다 / 박선장(朴善長)   148

8. 이바 아희들아 / 김상용(金尙容)   154

9. 사름이 되어 이셔 / 김상용   157

10. 일 니러 세수ᄒ고 / 김상용   160

11. 자세히 살펴보면 / 박인로(朴仁老)   162

12. 언충신 행독경ᄒ고 / 김광욱(金光煜)   166

13. 너도 형제로고 / 효종(孝宗)   171

14. 말슴을 글희여 내면 / 낭원군(朗原君)   174

15. 져무니 어룬 뫼셔 / 낭원군   178

16. 공맹과 양묵과 벗이 / 김천택(金天澤)   181

17. 인심도심(人心道心) / 안창후(安昌後)   185

18. 와실은 부족ᄒ나 / 김수장(金壽長)   190

19. 인간에 ᄒ는 말을 / 김수장   194

20. 효자의 ᄒ올 일을 / 김수장   196

21. 영명불측 이 내 ᄆᆞᆷ / 황윤석(黃胤錫)   201

22. 문왕자 무왕제로 / 박효관(朴孝寬)   206

제1부

'효(孝)'를 읊다

아버님 날 나흐시고

주세붕(周世鵬)

아버님 날 나흐시고 어마님 날 기르시니
父母(부모)옷 아니시면 내 몸이 업실낫다
이 德(덕)을 갑흐려 하니 하늘 ㄱ이 업스샷다

[출전 :『무릉속집(武陵續集)』「오륜가(五倫歌)」]

어휘 풀이

부모옷 : 부모님만
업실낫다 : 없을 뻔했도다, 없으렸다
ㄱ이 : 끝이
업스샷다 : 없으시도다

작품 해설

이 작품은 자신을 낳아주고 길러주신 부모의 은혜에 대해 감사하고 기리는 마음을 담고 있다. 현대어로 풀이하면 다음과 같다.

아버님이 나를 낳으시고 어머님이 나를 기르시니
부모님이 아니셨더라면 이 몸이 없었을 것이다.
이 덕을 갚으려 하니 하늘같이 끝이 없구나.

초장에서는 부생모육지은(父生母育之恩)을 노래하고, 종장에서는 부모의 은혜가 끝이 없음을 노래하고 있어, 송순의 「오륜가」나 정철의 「훈민가」와 비슷한 내용을 담고 있는 작품이다.

윤리 도덕의 실천을 목적으로 한 일종의 교훈가로서, 삼강오륜에 맞추어 지은 연시조이다. 오륜가는 총 6수로, 오륜을 배우라는 권유를 담은 서시를 비롯하여, 부자유친·군신유의·부부유별·형우제공·장유유서 순으로 전개되고 있다. 「오륜가」에 나타난 주세붕의 작품 특징은, 어떤 대상에 대해 의도적인 조작을 가하지 않고 진실하게 표현했으며, 모든 사람들이 알고 실천해야 할 오륜을 누구나 알기 쉽도록 국문으로 지었다는 점이다. 따라서 백성을 가르치고 계몽하는 교훈가의 조건을 갖추고 있다.

지은이인 주세붕이 활동하던 시기는 조선의 중종 시기부터 명종 시기까지이다. 이때는 김안로(金安老)가 정치적으로 뜻에 맞지 않는 자들을 멋대로 축출하는 공포정치가 행해졌고, 뒤이어 문정왕후와 윤원형(尹元衡)이 정치를 독단하여, 정치적으로 어지러운 때였다. 그러나 한편으로는 퇴계 이황·남명 조식·율곡 이이·고봉 기대승 등 한국을 대표하는 유학자들이 등장하여 활동을 시작하던 시기이기도 하다.

주세붕은 우리나라에서 최초의 서원을 열어 유교의 이념을 보급하고 발전시키기 위한 기틀을 마련하고자 하였던 인물로, 유교 특히 성리학의 전파에 많은 관심을 기울였다. 이 작품은 지은이의 이런 생각이 반영된 결과라고 할 수 있다.

지은이 소개

주세붕(周世鵬, 1495~1544년)은 조선 전기의 유학자로, 자는 경유(景遊)이고, 호는 신재(愼齋) 또는 손옹(巽翁)·남고(南皐)이다. 호조참판·대사성 등의 벼슬을 지녔고, 청백리에도 뽑혔다. 사후에 문민(文敏)이라는 시호를 받고, 예조판서에 추증되었다.

풍기군수(豊基郡守)로 재직할 때, 지금의 경상북도 영주시 순흥읍에 있는 백운동(白雲洞)에 안향(安珦)의 사당인 회헌사(晦軒祠)를 세우고, 1543년에 주자(朱子)의 백록동서원 학규(學規 : 서원의 교칙과 규정)를 본받아 사림(士林) 자제들의 교육기관인 백운동서원을 세웠다. 이는 서원의 효시가 되었다.

그는 칠원의 덕연서원(德淵書院)과 백운동서원에 배향되었다. 저서로는 『무릉잡고(武陵雜稿)』, 편저로는 『죽계지(竹溪誌)』·『동국명신언행록(東國名臣言行錄)』·『심도이훈(心圖彝訓)』 등이 있다.

더 알아보기

◆ 오륜(五倫)과 「오륜가」

유교에서는 사람이 다른 사람과 관계하면서 실천해야 하는 기본 윤리 덕목으로 다섯 가지를 말하는데, 그것이 바로 오륜이다. 『맹자』에서 정리되어 등장한 오륜이란, "아버지와 자식 사이에는 친함이 있어야 하고[父子有親], 임금과 신하 사이에는 의가 있어야 하고[君臣有義], 부부 사이에는 분별이 있어야 하고[夫婦有別], 손윗사람과 손아랫사람 사이에는 순서가 있어야 하고[長幼有序], 벗 사이에는 신의가 있어야 한다[朋友有信]."라는 것이다.

오륜은 조선 시대에 매우 중요한 윤리였기 때문에, 이를 주제로 삼은 많은 사람들의 저작이 있다. 세종 때의 『삼강행실도』와 중종 때의 『이륜행실도』를 묶어서 정조 때 편찬한 『오륜행실도』가 있고, 유영무 등의 「오륜가」 가사(歌辭) 작품도 있다. 시조에서 오륜을 주제로 하여 「오륜가」를 지은 사람들로는 주세붕·송순·정철·김상용·박인로·박선장 등이 있다.

이 책에서는 「오륜가」 중에서도 '부자유친'은 '효'와 '장유유서'는 '경'과 관련되므로, 이에 관한 작품들을 주로 소개하였다.

◆ 『효경(孝經)』이란 어떤 책인가?

공자(孔子)가 제자인 증자(曾子)에게 효도에 관해 전한 내용을 훗날 제자들이 모아 엮은 책으로, 지어진 시대는 알려져 있지 않다. 천자(天子)부터 일반 백성에 이르기까지 계층별로 효를 나누어 기술하였다.

송대의 성리학이 출현하기 전까지 13경과 9경에 속하는 유교의 대표적 경전들 중의 하나였다. 한나라 이후 수나라와 당나라를 거쳐 송나라 초기까지 중국의 과거시험에서 중요한 과목이었다. 우리나라에서는 신라 시대 독서삼품과(讀書三品科)의 시험 과목 중 하나였다는 기록도 있는 등, 유교의 전래와 더불어 일찍부터 중시되었다. 조선 시대에는 한글로 번역한 『효경언해(孝經諺解)』를 간행하여 널리 보급하였다.

『효경』의 첫머리 부분에 인용되어 있는 "효라는 것은 덕의 근본이고, 가르침이 생겨나는 곳이다[孝德之本也, 教之所由生]."라는 공자의 말처럼 도덕의 근본이 효에 있고, 효로부터 모든 가르침이 시작된다고 보아, 유교 도덕의 기본서로서 널리 읽혔다.

한자 익히기

父(부) : 아버지, 친족의 어른
母(모) : 어머니, 할머니, 모체, 암컷, 유모
德(덕) : 덕, 도덕(道德), 은혜, 착한 행동, 크다, 덕을 베풀다

아바님 날 나흐시고

송순(宋純)

아바님 날 나흐시고 어마님 날 기르시니
두 분곳 아니시면 이 몸이 사라실가
하늘ㄱ튼 ㄱ 업순 恩德(은덕)을 어듸다혀 갑스오리

[출전 : 정철의 『경민편(警民篇)』「훈민가(訓民歌)」]

어휘 풀이

나흐시고 : 낳아주시고

기르시니 : 길러주시니

곳 : 이

사라실가 : 살아 있을까

어듸다혀 : 어디다가

갑스오리 : 갚으리까, 갚겠습니까

작품 해설

이 시조를 현대어로 풀이하면 다음과 같다.

아버지는 나를 낳으시고 어머니는 나를 기르시니,

두 분의 은혜가 없었다면 이 몸이 살아 있을까?

하늘같이 끝없는 은혜를 어떻게 다 갚겠는가!

이 작품은 효의 가장 일반적인 의미인 '부모님의 낳아주시고 길러주신 큰 은혜를 잊지 말고 갚아야 한다'는 내용으로 구성되어 있다. 단순한 듯 하지만 효의 핵심을 직설적으로 표현한 작품이다.

지은이 소개

송순(宋純, 1493~1582년)은 선조 때의 학자로, 호가 면앙정(俛仰亭)이다. 벼슬은 좌찬성(左贊成)에 이르렀으며, 벼슬에서 물러난 뒤 고향인 담양에 내려가 살면서 자연을 예찬하는 작품들을 지었으며, 이런 주제의 작품을 쓴 지은이들 가운데 선구자적 역할을 하였다. 작품으로는 「면앙정삼언가」·「면앙정제영(俛仰亭題詠)」 등 수많은 한시(총 505수, 부 1편)와 국문 시가인 「면앙정가(俛仰亭歌)」 9수·「자상특사황국옥당가(自上特賜黃菊玉堂歌)」·「오륜가(五倫歌)」 등 단가(시조) 20여 수가 전해지고 있다. 조선의 시가문학 발전에 크게 기여하였다.

더 알아보기

◆ 이 시조의 원작인 한시(漢詩)는 다음과 같다.

阿爸兮生我 阿嬭兮育我(아파혜생아 아마혜육아)

苟非兩恩德兮 而此身兮生嬭(구비양은덕혜 이차신혜생마)

如天罔極恩德 于何可準兮爲報(여천망극은덕 우하가준혜위보)

[출전 : 『면앙집』]

◆ 정철(鄭澈)이 지은 「훈민가」에도 위와 똑같은 시조가 실려 있다. 그래서 얼마 전까지만 해도 위 시조의 지은이가 정철로 알려져 있었다. 그러

나 송순의 『면앙집』에 실려 있는 시조의 한역 작품과 당시의 기록을 근거로 하여, 정철이 송순의 「오륜가」 가운데 3수를 「훈민가」 16수에 그대로 옮겨 실었다는 것이 밝혀졌다. 정철은 송순의 영향을 받은 인물로, 「훈민가」를 지으면서 송순의 '부자유친'·'장유유서'·'붕우유신'에 관한 3수의 시조가, 따로 창작할 필요가 없을 만큼 완결성을 가지므로 그대로 인용한 것이라 할 수 있다.

◆ 면앙정과 송순

송순의 호인 면앙정은 오늘날에도 볼 수 있는 정자 형태의 건물 이름이기도 하다. 송순은 말년에 이곳 면앙정에서 자연과 교감하며 많은 작품을 남겼다.

면앙정은 정면 3칸, 측면 2칸으로, 가운데에 방을 배치한 특이한 양식의 정자이다. 정자의 이름은 송순의 호에서 따왔는데, 송순이 벼슬에서 물러난 후, 여기에서 「오륜가」 등을 지었다고 전해진다.

◆ 이 시조와 관련이 있는 속담으로, "자식이 부모의 맘 반이면 효자 된다."라는 말이 있다. 즉 자식은 부모가 걱정하는 절반만큼만 부모 걱정을 해도 훌륭한 효자가 된다는 것으로, '자식에 대한 부모의 사랑은 자식이 생각하는 것에 비할 수 없이 크다'는 것을 이르는 말이다.

恩(은) : 은혜, 인정, 혜택, 사랑하다, 은혜를 베풀다

뫼흔 길고 길고

윤선도(尹善道)

뫼흔 길고 길고 믈은 멀고 멀고
어버이 그린 뜯은 많고 많고 하고 하고
어디서 외기러기는 울고 울고 가느니

[출전 : 『고산유고(孤山遺稿)』 「견회요(遣懷謠)」]

어휘 풀이

뫼흔 : 뫼는, 산은
그린 : 그리워하는
뜯은 : 뜻은. '뜯'은 '쁟·뿟·쫏'과 함께 혼용되어 표기되었다.

작품 해설

이 작품은 부모님의 크나큰 은혜에 대한 찬미와 세상을 떠난 부모에 대한 한탄을 읊은 시조이다. 현대어로 풀이하면 다음과 같다.

산은 끝없이 길이길이 이어져 있고, 물은 멀리 굽이굽이 이어져 있
구나.
부모님 그리운 뜻은 많기도 많다.
어디서 처량한 외기러기는 울어 울어 나의 마음을 구슬프게 하는가?

이 작품에서는 시어를 반복적으로 사용하여 부모님의 은혜가 더없이

크다는 것을 표현하고 있으며, '외기러기'를 통해 부모 없는 외로운 자식의 마음을 은유적으로 표현하였다. 다른 시조들이 직설적이고 교훈적으로 효도하라고 권하는 것과는 달리, 문학적 비유가 돋보인다. 또한 한자어를 사용하지 않고 옛 한글만으로도 뛰어난 시조를 지을 수 있다는 것을 보여주는 작품으로, 지은이가 한글을 매우 뛰어나게 구사했음을 보여준다.

지은이 소개

윤선도(尹善道, 1587~1671년)는 조선 중기의 문신·문인으로, 본관은 해남(海南)이고, 자는 약이(約而), 호는 고산(孤山)·해옹(海翁)이다.

일찍이 『소학(小學)』에 감명을 받아 그것을 평생의 좌우명으로 삼는 등, 유교적 세계관을 중시하면서 탁월한 문학적 역량을 발휘하였다. 특히 자연을 문학의 제재로 삼은 시조 시인들 중 가장 뛰어나다고 평가받는다.

윤선도의 활동 시기는 광해군과 숙종 때였다. 병자호란과 같은 전란 외에도 남인(南人)과 서인(西人) 간의 세력 다툼에 휘말려, 20여 년 동안 유배되었기 때문에 벼슬을 한 시기는 얼마 되지 않았다.

조상으로부터 물려받은 넉넉한 유산 덕분에, 보길도의 금쇄(金鎖)·문소(聞簫)로 들어가 유배 생활을 하는 동안 편안히 은거하며 보낼 수 있었다. 그리하여 탁월한 문학적 소양도 오히려 유배와 은거 생활 속에서 표출되었다고 할 수 있다.

정철(鄭澈)·박인로(朴仁老)와 함께 조선 시대의 3대 가인(歌人)으로 일컬어진다. 단가와 시조 75수가 그의 저서인 『고산유고(孤山遺稿)』 등에 전해지고 있다.

더 알아보기

◆ 효도를 주제로 한 지은이의 다른 시조로는 다음 작품이 있다.

어버이 그릴 줄을 처엄부터 아란마는

님군 向(향)훈 뜯도 하늘히 삼겨시니

眞實(진실)로 님군을 니ᄌ면 긔 不孝(불효)ㄴ가 녀기롸

[출전 : 『고산유고』 「견회요」]

풀이

어버이 그리워할 줄을 처음부터 알았지만

임금을 향한 뜻은 하늘이 만드셨으니

진실로 임금을 잊으면 그것이 불효인가 하노라.

◆ 이 시조와 관련이 있는 속담으로 "효자 가문에 충신난다."라는 말이 있다. 즉 집에서 효자 노릇을 제대로 해야 나라에도 충성할 수 있다는 뜻이다.

이 속담에 담긴 내용은, 효가 모든 행동의 근본이므로 효도를 제대로 실천할 수 있는 인물이라야 나라에 충성도 할 수 있다는 것이다. 곧 나라에 충성하려면 먼저 모든 도덕의 기본이면서 근본이 되는 '효'를 실천해야 한다는 말이다. 가까운 곳에서 먼 곳으로, 작은 것부터 큰 것으로, 자신과 집안으로부터 국가로 확대해가면서, 도덕과 윤리를 단계적으로 실천해야 하고, 또 그래야만 제대로 실천할 수 있다는 유교의 논리가 깔려 있다.

한자 익히기

向(향) : 향하다, 나아가다, 바라보다, 대하다, 대접을 받다, 방향, 북 향한 창

眞(진) : 참, 진리, 진실, 본성, 참으로, 정말로, 진실하다, 사실이다, 참되다

實(실) : 열매, 종자, 내용, 참됨

不(불, 부) : 아니다, 못하다, 없다, 말라

孝(효) : 효도(孝道), 제사(祭祀), 맏자식, 부모를 섬기다, 효도하다, 본받다, 제사
　　　지내다

어버이 날 느흐셔

낭원군(朗原君)

어버이 날 느흐셔 어질과쟈 길너 내니
이 두 分(분) 아니시면 내 몸 나셔 어질소냐
아마도 至極(지극)흔 恩德(은덕)을 못내 가파 흐노라

[출전 : 『청구영언(青丘永言)』]

어휘 풀이

어질과쟈 : 어진 사람이 되게 하고자
아마도 : 시조 종장의 첫머리에 흔히 쓰이는 감탄사로서, '그럴 것 같다'라는 뜻
　　　으로 많이 쓰임
못내 가파 흐노라 : 못다 갚을 것 같아 안타깝다

작품 해설

　이 작품은 부모님의 은혜와 회한을 읊은 시조이다. 현대어로 풀이하면
다음과 같다.

　　　어버이 날 낳으셔 어진 사람 되라 기르시니,
　　　두 분이 아니시면 어찌 내가 어질게 되었겠는가.
　　　이 지극한 은혜를 끝내 못다 갚을 것 같구나.

　이 작품도 어버이의 은혜를 기리는 다른 시조들과 유사하다. 다만, 다른 시조들은 부모님이 나의 실존(實存), 즉 내가 있게 된 근거라는 점을 강조하는 데에 비해, 이 시조에서는 '어질게 길러내셨다'는 유교적 의미를 좀 더 직접적으로 강조하고 있다.

지은이가 주로 활동했던 숙종 시대에는 사회 전반에 걸쳐 성리학의 영향력이 커지면서 명분과 의리를 더욱 강조하였다. 명나라의 은혜를 갚기 위해 대보단(大報壇)을 설치한 것이라든가, 단종과 사육신·소현세자빈(昭顯世子嬪)을 복권시킨 것은 명분과 의리를 중시한 결과라고 할 수 있다. 또한 이때 3백여 개의 서원이 신설되었는데, 그 중 131개에 사액(賜額)했을 정도로 지방의 학문이 권장되었다.

지은이 소개

낭원군(朗原君, 1640~1699년)은 조선 시대 중기의 왕족 출신 가객으로, 이름은 간(偘)이고, 자는 화숙(和叔)이며, 호는 최락당(最樂堂)이다. 선조(宣祖)의 손자로, 주로 숙종 시기에 활동했던 인물이다. 청나라에 사신으로 두 차례 왕래한 적이 있고, 『선원록(璿源錄)』·『선원보략(璿源普略)』 등 왕실의 족보를 처음으로 간행하는 데 주도적인 역할을 하였다.

왕족들 중 가장 많은 시조 작품을 남겼다. 그 이유는 아마도 숙종이 정국을 주도하던 시기에 숙종에게 인정받던 왕족으로서, 정치의 변동이나 파벌에 관련되지 않고 문학과 예술을 마음껏 향유할 수 있었기 때문일 것이다. 현재 「산수한정가(山水閑情歌)」·「자경가(自警歌)」 등 30수의 작품이 전해지고 있다. 『청구영언』 진본(珍本)에만 20수가 전하고, 나머지 10수는 여러 시조집들에 산재해 있으며, 작품에 따라서는 10여 종의 책들에 동시에 수록되어 널리 유포된 작품도 있다. 글씨에도 능하여, 형인 낭선군(朗善

君)과 함께 전서(篆書)와 예서(隷書) 작품들을 많이 남겼다.

더 알아보기

◆ 인과 효의 관계에 대해 유학에서는 어떻게 이야기하고 있을까?

『논어(論語)』「학이(學而)」에서는, "효제(孝弟)는 인(仁)을 실천하는 근본이다[孝弟也者 其爲仁之本與]."라고 했다.

『논어』「위정(爲政)」에서는 이렇게 기록하고 있다. "맹무백이 공자에게 효가 무엇인지에 대해 물었다. 그러자 공자가 말씀했다. '부모는 오직 그 자식의 질병만 근심하는 법이다[孟武伯問孝 子曰 '父母唯其疾之憂']."

『논어』「위정」에서는 이렇게 기록하고 있다. "자유(子游)가 효에 대해 물었다. 공자께서 말씀하기를, '요즘에 말하는 효는 봉양을 잘하는 것에 불과하다. 개나 말들도 집안에서 봉양을 하고 있지 않은가? 우리가 부모를 공경하지 않으면 개나 말들과 무슨 구별이 있겠는가?'라고 했다[子游問孝 子曰 '今之孝者 是謂能養 至於犬馬 皆能有養 不敬 何以別乎']."

◆ **정조(正祖)의 효심**

정조대왕은 효심이 지극했던 것으로 유명하다. 그리하여 일찍 비명에 세상을 떠난 아버지 사도세자의 능이 있는 화성(華城)에 행궁을 지어놓고 자주 행차하였다고 한다. 어머니에 대한 효심도 각별하여 다음과 같이 말했다고 전해진다.

"어머니의 연세가 점차 많아지시니 매번 탄신일을 맞을 적마다 기쁨과 두려움이 해마다 더 깊어지는데, 세월이 빨리 흘러감이 더욱 두려우나, 그것을 밧줄로 붙잡아 매어둘 수 없음을 한스럽게 여긴다."

◆ **정조대왕의 이름**

조선 시대에는 상상할 수 없었던 일이, 요즘은 아무런 문제를 일으키지 않고 자연스레 벌어지고 있다. 그 중 하나가 왕의 이름을 직접 부르는 것이다. 요즘도 가정교육을 제대로 받은 집의 아이들은 아버지의 이름조차 함부로 말하지 않고, 이름을 "'ㅇ'자, 'ㅇ'자이십니다."라고 말하여 정중하게 표현한다. 그런데 근래 드라마에서는 조선 시대 임금의 이름을 너무 쉽게 노출시키고 있다.

드라마를 통해 자주 등장한 정조 임금의 이름은 극중에서 너무나 자연스럽게 '산'으로 불려지고 있다. 여기에 조선 왕실의 성(姓)인 이(李)를 붙여 '이산'이라고 부르고 있다.

그러나 조선의 대표적 '학자 군주'라고 일컬어지는 정조는, 1796년부터 자신의 이름을 '산'에서 '성'으로 바꿔 불렀다고 한다. 그 이유는, 자손을 많이 두기 위해서였다는 것이다. 정조의 성명은 한자로 '李祘'이라고 쓴다. 이를 처음에는 '이산'으로 발음했는데, 1796년 8월 11일에 『규장전운(奎章全韻)』(일종의 한자 발음 사전이다)의 발간을 계기로 그 발음을 '이성'으로 바꿨다고 한다. 안대회(성균관대 한문학과) 교수는 학술연구모임인 '문헌과 해석'을 통해 발표한 논문인 「정조 이름의 개칭과 그 과정」에서 이렇게 주장했다.

「비연외초(斐然外抄)」라는 글을 새롭게 발굴했다. 「비연외초」는 19세기의 저명한 중인(中人) 문사(文士)인 장지완(1806~?)의 글이다. 장지완은 「비연외초」에서, "정조의 이름은 본래 '산(算)'으로 읽었지만 『규장전운』의 발간을 계기로 '성'으로 바로잡았다."라고 하면서, "계란(界欄 : 옛날 서적을 보면 본문에 테두리선과 행간의 선 등 판면에 일정한 격식이 있는데, 이를 가리킴─인용자)이 벌써 정해졌기 때문에 '성(湝)'자를 삭제하고 임금의 이름인 '성(祘)'을 채워 넣었다. 왜냐하면 '성(湝)'자는 서약봉(徐藥峯, 1558~1631년)의 이름으로, 자손이 아주 많았기 때문"이라고 밝히고 있다.

설워라 설워라 해도

정인보(鄭寅普)

설워라 설워라 해도 아들도 딴 몸이라
무덤풀 욱은 오늘 이 살 붙어 있단 말가
빈 말로 설운 양함을 뉘나 믿지 마옵소

[출전 : 『담원시조집(薝園時調集)』 「자모사(慈母思)」]

어휘 풀이

설워라 : 서럽다
딴 : 다른
욱은 : 우거진
있단 말가 : 있다는 말인가
설운 : 서러운
양함을 : 체하는 것을
뉘나 : 누구도

작품 해설

어머니의 자식 사랑에 대한 회상과 자식으로서의 회한을 읊은 작품이다. 현대어로 풀이하면 이렇다.

서럽다 서럽다 하여도 아들도 딴 몸인지라
무덤의 풀이 우거진 오늘, 이 살이 붙어 있다는 말인가
빈말로 서러운 체하는 것을 누구도 믿지 마십시오.

모두 40수로 된 「자모사」는 돌아가신 어머니를 간절히 사모하는 마음을, 섬세하면서도 운율에 맞추어 다듬어진 예스런 언어로 담아낸 작품이다.

이 시조는 연시조 중 맨 마지막에 보이는 것으로, 어머니의 무덤을 돌보지 못하여 풀이 우거진 것을 보면서, 돌아가신 어머니에 대해 효도하지 못하는 한스러운 마음을 드러내고 있다. 자식조차 다른 생각을 가진 몸으로 믿을 수 없지 않느냐고 자책하면서, 어머니에 대한 그리움을 우회적으로 표현하였다.

지은이에게는 친어머니와 양어머니 두 명이 있었는데, 두 분이 모두 세상을 떠난 후 그들을 기리면서 여러 편의 시조를 지었다. 시조의 제목은 「자모사」이다. 「자모사」 40수는 어느 한 사람을 지목하지 않고 생각나는 대로 썼다고 한다. 「자모사」에서는 제목 그대로 '인자한 어머니'의 모습을 묘사하고 있다.

지은이 소개

정인보(鄭寅普, 1892~1950년)는 일제 시대에 활동한 한학자·교육자로, 자는 경업(經業)이고, 호는 담원(薝園) 또는 미소산인(薇蘇山人)이다. 일제 시대에는 정치적·문화적 계몽 활동을 주도하며 광복 운동에 투신했다. 국내에서 비밀리에 독립운동을 하다가 옥고를 치르기도 했다. 6.25전쟁이 나던 해 7월에 북으로 끌려간 이후 생사를 모르다가, 최근에야 그 해 11월에 세상을 떠난 것으로 알려졌다. 1990년에 건국훈장 독립장이 추서되었다.

대학 강단에서 양명학과 역사학을 가르쳤고, 나라의 얼과 국민을 깨우치는 일에 앞장섰던 학자이며 교육자였다. 저서로는 『조선사연구』·『양명

학연론』·『담원국학산고(詹園國學散藁)』 등이 있다. 시조집인 『담원시조집
(詹園時調集)』에는 모두 294수의 시조가 실려 있다.

더 알아보기

◆ 어머니에 대한 그리움을 읊은 지은이의 다른 시조 작품으로 다음과
같은 것이 있다.

바릿밥 남 주시고 잡숫느니 찬 것이며
두둑히 다 입히고 겨울이라 엷은 옷을
솜치마 좋다시더니 보공되고 말어라

[출전 : 「자모사」]

풀이

따뜻한 어머니의 밥은 자식에게 주시고 잡숫는 것은 찬밥이며,
자식들은 두둑하게 다 갖춰 입히시고 어머니는 겨울에도 엷은 옷으
로 지내시면서,
솜치마가 좋다고 하시더니 돌아가시자 보공이 되고 말았네.

여기에서 '바릿밥'은 놋쇠로 만든 여자용 밥그릇에 담긴 밥을 가리키며,
'보공'이란 시체를 관에 넣은 뒤 빈 공간을 채워 넣는 옷가지 따위의 물건
들을 가리킨다.
이 시조에서는, 자식들을 위하여 찬 음식과 엷은 옷을 마다하지 않는
모습을 통하여 어머니의 희생을 비유적으로 표현하고 있다. '보공'이 된 솜
치마는 이러한 어머니의 희생과 죽음뿐만 아니라, 시적 자아의 안타까움

을 절절히 나타냄으로써 독자로 하여금 가슴 저린 감동을 느끼게 한다.

◆ 이 시조의 주제와 관련된 속담으로, "부모가 자식을 겉 낳았지 속 낳았나."라는 말이 있다. 부모는 자식의 육체를 낳는 것이지 그의 사상이나 속마음을 낳는 것은 아니라는 뜻으로, '제가 낳은 자식이라도 부모가 그 속을 다 헤아려 알 수 없음'을 비유적으로 표현한 속담이다.

한자 익히기

補(보) : 깁다, 돕다, 고치다, 채우다, 보탬
空(공) : 비다, 없다, 헛되다, 공허하다, 구멍을 뚫다, 구멍, 공간, 하늘, 틈

뉘라셔 가마귀를

박효관(朴孝寬)

뉘라셔 가마귀 검고 凶(흉)타 ᄒ돗던고
反哺報恩(반포보은)이 긔 아니 아름다온가
사름이 져 식만 못ᄒᄆᆯ 못늬 슬허ᄒ노라

[출전 : 『가곡원류(歌曲源流)』]

어휘 풀이

ᄒ돗던고 : 하더란 말인가, 하였는가
반포보은(反哺報恩) : 까마귀의 새끼는 다 자란 뒤에 어미 까마귀에게 먹이를
　　물어다가 먹여준다고 전해지는데, 여기에서 생긴 사자성어로, 어버이의 은
　　혜를 갚는 것을 의미하는 말이다.
못늬 : 잊지 못하고 늘
슬허ᄒ노라 : 슬퍼하노라

작품 해설

　이 작품은 불효하는 세태를 까마귀의 행위에 비유하여 탄식하고 있다.
현대어로 풀이하면 다음과 같다.

　　누가 까마귀를 검고 흉하다고 하였는가?
　　어미를 먹여주는 것, 이 어찌 아름답지 아니한가?
　　사람이 저 새만도 못한 것이 못내 슬프구나!

이 시조에서는 까마귀를 검고 흉하다고 하는 당시 사람들의 생각에 빗대어, 효도를 가볍게 여기는 세태를 비판하고, 어미에게 먹이를 물어다 주어 자신을 키워준 은혜에 보답하는 까마귀의 효성을 사람들이 본받을 것을 비탄조로 설득하고 있다.

이 작품이 씌어진 시기는, 문학적으로는 영조·정조 때에 번성하던 가곡(歌曲)이 쇠퇴하다가, 고종 때에 들어서 흥선대원군(興宣大院君)의 가객(歌客)에 대한 지원으로 다시 부흥하던 시점이다. 지은이도 역시 일찍이 흥선대원군의 문인으로서 그의 총애를 받아 운애(雲崖)라는 호(號)까지 받았다. 그리하여 전국 풍류객의 중심이 되어 승평계(昇平契)를 조직하는 등 시조 부흥 활동에 앞장설 수 있었다.

지은이 소개

박효관(朴孝寬, 생몰년 미상)은 조선 후기인 철종·고종 때의 가객으로, 자는 경화(景華)이고, 호는 운애(雲崖)이다.

오동래(吳東萊, 생몰년 미상, 헌종·철종 시대에 활동)를 통하여 가곡의 명인인 장우벽(張友璧, 1735~1809년)의 법통을 이어받은 가객으로, 창법(唱法)과 작법(作法)의 두 방면에 뛰어나, 영조·정조 시대 이후 시조계의 발전을 주도하였다.

제자인 안민영(安玟英)과 더불어 3대 시가집(詩歌集)에 속하는 『가곡원류(歌曲源流)』를 편찬하였다. 그리고 이 『가곡원류』에 「논영가지원(論詠歌之源)」, 즉 '읊조리는 노래의 근원을 논함'이라는 발문을 써서 시조 음악의 원리를 밝힘으로써, 후대 가객들의 귀감이 될 가곡에 관한 이론을 확립하였다.

◆ 이와 유사한 시조로는 지덕붕(池德鵬)의 다음 작품이 있다.

가마귀 검다 한들 속까지 검을소냐

慈烏反哺(자오반포)라 하니 새 中(중)에 孝子(효자)로다

사람이 그 안 가트면 가마귀엔들 比(비)하리

[출전 : 『商山集(상산집)』]

풀이

까마귀 검다 하나 속까지 검겠느냐?

까마귀는 어미에게 먹이를 물어다 주니 새 가운데 효자로다.

사람이 그와 같지 않다면 까마귀에도 비할 수 있겠는가.

◆ '까마귀'를 일컫는 한자 이름들로는 여러 가지가 있다. 즉 오(烏)·자오(慈烏)·효조(孝鳥)·한아(寒鴉)·노아(老鴉)·오아(烏鴉)·반포조(反哺鳥) 등이 그러한 것들이다. 또 중국 신화에는 태양 속에 발이 세 개 달린 까마귀인 삼족오(三足烏)가 살고 있다고 한다.

◆ 우리 속담에는 까마귀와 관련된 속담들이 여러 가지 있다.

"까마귀 겉 검다고 속조차 검은 줄 아느냐"라는 속담도 그 중 하나인데, 까마귀는 겉모습과는 달리 속은 '반포보은'하는 효심이 지극한 동물이다. 따라서 겉모습만 보고 속마음까지 함부로 판단하지 말라는 뜻이다.

또 "까마귀도 모르는 제사"라는 말이 있는데, 이는 어미에게 먹이를 물어다 준다는 까마귀도 모르는 작은 제사라는 뜻으로, 자손이 없어 초라

하게 지내는 쓸쓸한 제사를 비유적으로 이르는 말이다.

◆ 까마귀와 관련된 한자성어로는 '反哺報恩(반포보은)' 혹은 '反哺之孝(반
포지효)'라는 것이 있다. 이 말은, 까마귀는 자신이 새끼였을 때 어미에게서
먹이를 받아먹은 것을 잊지 않고 있다가, 자신이 자란 뒤에 먹이를 물어다
주어 은혜에 보답한다는 말이다.

◆ '새'를 뜻하는 한자는 '鳥(조)'자인데, 까마귀를 뜻하는 '烏(오)'에는 한
획이 없다. '鳥'자는 새의 모양을 본뜬 상형문자인데, 이 상형문자에서 '烏'
자에 없는 이 한 획은 '눈'에 해당한다.

 ⇨鳥

한자 익히기

凶(흉) : 흉년(凶年), 재앙(災殃), 흉하다, 해치다, 운수가 나쁘다
反(반) : 돌이키다, 돌아오다, 되풀이하다, 배반하다, 어기다, 반대하다, 보복하다
哺(포) : 음식물, 먹다, 먹여 기르다, 씹어 먹다
報(보) : 갚다, 알리다, 대답하다, 여쭈다
慈(자) : 사랑, 어머니, 자비(慈悲), 인정(人情), 사랑하다
烏(오) : 까마귀, 어찌, 탄식하는 소리, 검다, 탄식하다
中(중) : 가운데, 안, 속, 사이, 마음, 신체(身體), 내장(內臟)
子(자) : 자식(子息), 남자, 스승, 열매, 이자, 번식하다
比(비) : 견주다, 비교하다, 모방하다, 가려 뽑다, 대등하다, 쫓다

어버이 자식수이

김상용(金尚容)

어버이 子息(자식)수이 하늘 삼긴 至親(지친)이라
父母(부모)곳 아니면 이 몸이 이실소냐
烏鳥(오조)도 反哺(반포)를 ㅎ니 父母 孝道(효도)ㅎ여라

[출전 : 『선원유고속고(仙源遺稿續稿)·가사(歌辭)』「오륜가오장(五倫歌五章)」]

어휘 풀이

子息(자식) : 아들과 딸

삼긴 : 원형은 '삼기다'. 태어나게 한, 만들어 낸

至親(지친) : 가장 가까운 살붙이, 더할 수 없이 아주 친한 사이

곳 : 만, 곧

이실소냐 : 있겠느냐, 있겠소

烏鳥(오조) : 까마귀[=자조(慈鳥)]

反哺(반포) : 돌이켜 먹임. 까마귀 새끼가 자라서 먹이를 물어다가 늙은 어미에
게 먹인다는 뜻으로, '자식이 자라서 늙은 부모를 봉양함, 또 은혜를 갚음'을
비유하는 말

작품 해설

이 시조는 부모에게 효도하라고 훈계하는 내용을 담고 있다. 현대어로
풀이하면 다음과 같다.

어버이와 자식 사이는 하늘이 만든 매우 가까운 사이이다.

부모님이 없었다면 이 몸이 있었겠는가?

까마귀도 어미를 위해 먹이를 물어다 주어 봉양하니, 부모에게 효도
하여라.

이 시조는 오륜의 다섯 가지 덕목을 백성들에게 일깨우기 위해 지어진
연시조이다. 부모와 자식은 무척 가까운 사이이고, 부모가 없었으면 자신
도 있을 수 없었으니, 어미에게 먹이를 물어다 주는 까마귀의 교훈을 잊
지 말고 효도하라는 내용이다. 교훈적인 내용이 다른 시조와 유사하다는
점 등에서 문학성은 다소 떨어지지만, 주제가 되는 교훈을 명확하게 전달
한다는 장점이 있다.

지은이 소개

김상용(金尙容, 1561~1637년)은 조선 중기의 문신으로, 자는 경택(景擇)이
고, 호는 선원(仙源) 또는 풍계(楓溪)·계옹(溪翁)이며, 시호는 문충(文忠)이다.

예문관검열(藝文館檢閱) 등을 거쳐, 각 조의 판서를 지냈으며, 우의정에도
발탁되었으나 사퇴하였다. 임진왜란과 병자호란의 두 난리와 광해군의 폭
정 시대를 두루 겪었다. 특히 청나라와의 화친을 반대했던 척화파 김상헌
의 형으로, 병자호란 때 묘사(廟社)의 신주를 받들고 빈궁과 원손을 수행
하여 강화도에 피난했다. 하지만 이듬해에 성이 함락되자 성의 남문루(南
門樓)에 있던 화약에 불을 지르고 순절하였다. 영조 때 영의정으로 추증되
었다.

성혼(成渾)과 이이(李珥)의 문인으로서, 황신(黃愼)·이춘영(李春英)·이정
구(李廷龜)·오윤겸(吳允謙)·신흠(申欽) 등과 친했으며, 당색이 달랐던 정경

세(鄭經世)와도 도학으로써 사귀었다. 정치적으로는 서인에 속했는데, 인조
초기에 서인이 노서(老西)와 소서(少西)로 갈라지자 노서의 영수가 되었다.

문집으로는 『선원유고』 7권이 전하고, 시조로는 「오륜가(五倫歌)」 5장,
「훈계자손가(訓戒子孫歌)」 9편이 전한다.

더 알아보기

이와 유사한 작품으로는, 김수장(金壽長)의 다음 작품이 있다.

가마귀 열두 소리 사람마다 꾸지저도

그 숫기 밥을 물어 그 어미를 먹이느니

아마도 鳥中(조중) 曾子(증자)는 가마귄가 하노라

[출전 : 『해동가요(海東歌謠)』]

풀이

까마귀 열두 소리 사람마다 꾸짖어도

그 새끼가 밥을 물어 그 어미 먹이나니

아마도 새 중에 증자는 까마귀인가 하노라.

어미에게 먹이를 물어다 주는 까마귀를, 효성이 지극했다고 알려져 있
는 증자에 비유하여 칭송하고 있는 내용이다.

한자 익히기

息(식) : 쉬다, 숨 쉬다, 살다, 번식하다, 그치다
至(지) : 지극하다, 도달함, 동지, 하지

親(친) : 친하다, 가깝다, 사이좋게 지내다, 사랑하다, 어버이, 친척

鳥(조, 작, 도) : 새, 새의 총칭, 별 이름, 땅 이름(작), 섬(도)

道(도) : 길, 도리(道理), 방법, 근원, 사상, 기예(技藝)

曾(증) : 일찍이, 이미, 이전에, 이에, 겹치다

반듕 조홍감이

박인로(朴仁老)

盤中(반중) 早紅(조홍)감이 고와도 보이ᄂ다
柚子(유자) 안이라도 품엄즉도 ᄒ다마ᄂ
품어 가 반기 리 없을ᄉᆡ 글노 설워 ᄒᄂ이다.

[출전 : 『노계선생문집(蘆溪先生文集)』 「조홍시가(早紅枾歌)」]

어휘 풀이

반중(盤中) : 소반 위, 소반에 담은
早紅枾[조홍감] : 일찍 익은 감. '조홍시'라 해야 옳은 듯함
보이나다 : 보이는구나
柚子(유자) : 귤(橘)의 일종
반길 이 : 반가워할 사람. 부모를 가리킴
글로 : 그것을, 그것으로, 그런 까닭에

작품 해설

이 시조는 조홍감을 보고 느낀 풍수지탄(風樹之嘆)을 읊은 시조이다. 이를 현대어로 풀이하면 다음과 같다.

쟁반 위의 붉은 감이 곱게도 보이는구나.
유자가 아니라도 품어 가셔갈 만도 하지만
품어 가도 반겨줄 사람 없으니 그것 때문에 서러워하노라.

지은이는 쟁반에 놓인 홍시를 보고, 중국의 역사에서 효심이 지극했던 인물로 알려진 육적(陸績)의 귤에 얽힌 고사를 떠올리며 시로 읊었다. 조홍감을 가슴에 품어 부모님께 가져다 드리고 싶은 마음은 간절하지만, 부모님은 이미 세상을 떠나 더 이상 효도를 할 수 없는 처지를 한탄하고 있다.

지은이 소개

박인로(朴仁老, 1561~1642년)는 조선 시대의 무인으로, 자는 덕옹(德翁)이고, 호는 노계(蘆溪) 또는 무하옹(無何翁)이다. 본관은 밀양이고, 영천(永川)에서 태어났다. 어려서부터 시(詩)를 잘 짓기로 유명했다. 임진왜란 때는 의병으로 활동했는데, 왜군이 퇴각할 즈음 사졸들의 노고를 위로하기 위해 「태평사(太平詞)」를 지었다.

무과에 급제하여 벼슬을 하다가 사직한 뒤, 고향에 돌아가 은거하며 도학(道學)과 애국심·자연애를 바탕으로, 정서가 넘치면서 나라를 근심하는 작품들을 썼다. 송강 정철(鄭澈)을 계승하여 가사문학(歌辭文學) 발전에 기여하였다. 「태평사」·「사제곡(莎堤曲)」·「누항사(陋巷詞)」 등과 시조 60여 수가 전해지고 있다.

더 알아보기

◆ 지은이의 「조홍시가」에는 아래 작품도 들어 있다.

萬鈞(만균)을 느려 내야 길게 길게 노흘 쏘아
九萬里(구만리) 長天(장천)에 가는 히를 자바 미야

北堂(북당)에 鶴髮(학발) 雙親(쌍친)을 더듸 늙게 호리라

[출전 : 『노계선생문집』「조홍시가」]

풀이

많은 쇠를 녹여 늘여 노끈으로 길게 꼬아서

구만 리 먼 하늘의 지는 해를 붙들어 매어

북당에 거처하시는 흰 머리의 부모님을 천천히 늙도록 하겠노라.

어휘

만 균 : 1균은 30근이므로, 만 균은 30만 근이다. 여기에서는 많은 양을
　　의미한다.

느려 내야 : 늘여 내어, 늘여서

노(흘) : 비비거나 꼬아서 만든 실(을)

九萬里(구만리) 長天(장천) : 머나먼 하늘

가는 해 : 지나가는 해. 흐르는 세월을 비유함

자바 믹야 : 잡아매어

北堂(북당) : 어머니가 거처하는 곳. 여기에서는 부모의 처소를 가리킴

鶴髮(학발) 雙親(쌍친) : 학의 깃털처럼 머리가 하얗게 센 부모

더듸 : 천천히, 더디게

◆ 육적(陸積, 187~219년) : 중국 삼국 시대의 인물로, 학문을 좋아해서
천문과 『주역』에 대한 저술을 남겼다. 오나라로 망명하여 벼슬을 하였으
나, 울림태수(鬱林太守)로 좌천되어 32세라는 젊은 나이에 세상을 떠났다.
어린 나이에 귤 세 개를 품에 숨겨 어머니께 드리려고 한 일 때문에, 육적
회귤(陸積懷橘)이라는 고사가 생겨났을 정도로, 중국 역사에서 대표적인
24효의 한 사람으로 꼽힌다.

◆ 회귤(懷橘) : 육적이 여섯 살 때 원술(袁術)을 만난 적이 있는데, 원술이 그에게 먹으라고 준 귤 세 개를 먹지 않고 품에 간직했다. 그런데 물러나면서 인사를 할 때 품 안에 있던 귤이 바닥에 떨어졌다. 그리하여 원술이 귤을 먹지 않고 감춘 이유를 육적에게 묻자, "돌아가 어머님께 드리려고 그랬습니다."라고 하였다. 이때부터 지극한 효심(孝心)을 뜻하는 말로 쓰였으며, 육적회귤(陸積懷橘)이라고도 한다.

◆ 주자의 십회(十懷) 중 효와 풍수지탄 : 주자는 인생을 살면서 느낄 열 가지 후회[十懷]에 대해 말한 적이 있다. 그 가운데 효도와 관련된 것으로는, "부모에게 효도하지 않으면 돌아가신 후에 후회한다[不孝父母死後悔]."라는 것이 있다.

이와 유사한 의미의 사자성어로는 '風樹之嘆(풍수지탄)'이 있다. '부모에게 효도하려고 생각할 때에는 이미 돌아가셔서 효도를 할 수 없음'을 뜻하는 말이다. 이 사자성어는 『한시외전(韓詩外傳)』의 "나무는 고요하고자 하나 바람이 그치지 않고, 자식이 봉양(奉養)하려 하나 어버이는 기다려주지 않는다[樹欲靜而風不止 子欲養而親不待]."라는 문장에서 유래하였다.

한자 익히기

盤(반) : 소반, 쟁반, 받침, 둥글넓적한 그릇, 큰 돌
早(조) : 일찍, 서둘러, 빨리, 젊어서, 새벽, 이른 아침, 이르다, 앞서거나 빠르다,
　　　서두르다, 젊다
紅(홍) : 붉은빛, 주홍, 다홍, 연지, 붉다, 빨개지다, 잘 익다, 여물다
柚(유) : 유자(柚子), 유자나무
萬(만) : 일만, 만무(萬無), 대단히, 매우, 절대로

鈞(균) : 서른 근, 녹로(轆轤), 고르다

九(구) : 아홉, 많은 수, 남쪽, 양효(陽爻), 많다, 늙다

里(리) : 마을, 고향, 리(거리를 재는 단위), 리(행정 구역 단위)

天(천) : 하늘, 하느님, 자연, 천체, 타고난 천성

北(북, 배) : 북녘, 북쪽, 북쪽으로 가다, 달아나다, 도망치다, 등지다, 저버리다, 나
누다(배)

堂(당) : 집, 사랑채, 마루, 남의 어머니

髮(발) : 터럭, 머리털, 초목(草木), 머리털을 기르다

왕상의 이어 잡고

박인로

王祥(왕상)의 鯉魚(이어) 잡고 孟宗(맹종)의 竹筍(죽순) 꺾어

검던 머리 희도록 老萊子(노래자)의 오슬 입고

一生(일생)애 養志誠孝(양지성효)를 曾子(증자) 굿치 흐리이라

[출전 : 『노계선생문집』「조홍시가」]

어휘 풀이

王祥(왕상)의 鯉魚(이어) : 왕상이 겨울에 얼음을 깨고 잉어를 잡음

孟宗(맹종)의 竹筍(죽순) : 맹종이 겨울에 죽순을 구함

老萊子(노래자) : 중국 초나라 사람으로 일흔 살에 어린아이 옷을 입고 춤을 추

    면서 늙은 부모를 기쁘게 해드렸다는 사람

오슬 : 옷을

養志誠孝(양지성효) : 뜻을 길러 효도를 다함

曾子(증자) : 공자의 제자로, 효성이 지극하기로 유명함

굿치 : 같이, 같게

작품 해설

    효자의 행동을 본받으려는 마음을 읊은 시조이다. 현대어로 풀이하면

다음과 같다.

    왕상이 잉어를 잡고 맹종이 죽순을 구한 것처럼 하며,

    검은 머리가 희어질 때까지 노래자처럼 색동옷을 입어,

평생 동안 정성껏 효도하기를 증자처럼 하리라.

「조홍시가」 중 두 번째 연의 시조이다. 첫 번째 시조에 이어, 중국 역사
에서 효성이 지극했던 왕상(王祥)과 맹종(孟宗), 노래자, 증자 등을 본받아
평생 효도할 것을 다짐하고 있다.

지은이 소개

앞 편과 같음(43쪽 참조)

더 알아보기

◆ 『오륜행실도』 중 왕상과 맹종의 효도 그림

왕상이 얼음을 가르다[王祥剖氷] :
『오륜행실도』 중 「王祥剖氷(왕상부빙)」
은, 중국 진(晉)나라 때의 사람인 왕상
의 효에 대한 일화를 그린 것이다. 왕
상은 어머니를 일찍 여의고 계모 밑에
서 갖은 모함과 학대를 받으며 자랐다.
그런데도 계모가 한겨울에 신선한 생
선을 먹고 싶다고 하자, 물고기를 잡기
위해 강으로 나갔으나 강은 꽁꽁 얼어
붙어 있었다. 물고기를 구하지 못하여
왕상이 울부짖자, 하늘이 도와 얼음이 녹고, 물속에서 잉어 세 마리가 뛰
어나왔다는 고사를 그린 것이다.

맹종이 대밭에서 울다[孟宗泣竹] : 『오륜행실도』 중 「孟宗泣竹(맹종읍죽)」은, 중국 오(吳)나라 때의 사람인 맹종이 추운 겨울날 죽순을 먹고 싶어 하는 병든 어머니를 위해 죽순을 찾으려고 대나무 밭을 헤맸으나 한겨울인지라 죽순이 있을 리 없었다. 그리하여 맹종이 눈밭에 주저앉아 울부짖자, 눈속에서 파란 죽순이 기적처럼 솟아났다. 맹종이 이를 가져다 요리해 드렸더니 어머니의 오랜 병이 깨끗이 나았다는 고사를 그린 것이다.

◆ 문자도(文字圖)와 효(孝)

문자도는 유교의 중요한 덕목인 '孝·弟·忠·信·禮·義·廉·恥' 등의 한자를 그림으로 표현한 것을 말한다. 이 가운데에서도 가장 대표적인 글자는 '孝'자이다. '孝'자에는 여러 상징들이 그려져 있는데, 가장 먼저 눈에 들어오

는 것은 잉어와 죽순이다. 그 밖에 부채도 있고, 거문고나 연꽃 등도 있다.

◆ 이 시조와 관련이 있는 속담으로 "효자의 집엔 방바닥에서 대가 나
온다."라는 것이 있다. 이는 효성이 지극하면 맹상이 한 겨울에도 죽순을
구했듯이, 원하는 것을 무엇이든 얻을 수 있다는 것을 비유적으로 표현한
속담이다.

한자 풀이

王(왕) : 임금, 으뜸, 왕 노릇하다, 통치하다, 왕성하다, 크다

祥(상) : 상서(祥瑞), 좋은 징조, 복, 상서롭다, 자세하다

鯉(리, 이) : 잉어, 편지

魚(어) : 물고기, 별 이름, 고기잡이하다

孟(맹) : 맏이, 우두머리, 맹자(孟子)의 약칭(略稱), 만, 첫, 처음, 사납다

宗(종) : 마루, 일의 근원, 으뜸, 제사(祭祀), 시조(始祖)의 적장자(嫡長子), 가장, 우
　　　두머리

竹(죽) : 대, 대나무, 죽간(竹簡), 피리

筍(순) : 죽순(竹筍), 악기(樂器)를 거는 틀

老(로, 노) : 늙은이, 어른, 부모, 늙다, 양로(養老)하다, 쇠약하다

萊(래, 내) : 명아주, 잡초(雜草), 묵어서 잡초가 우거진 밭

一 (일) : 하나, 첫째, 모든, 한결같은, 다른, 좀, 같다, 동일하다

生(생) : 삶, 백성, 선비, 익히지 않음, 나다, 낳다, 살다, 싱싱하다, 만들다

養(양) : 기르다, 먹이다, 수양하다, 봉양하다

志(지) : 뜻, 마음, 감정(感情), 표지(標識), 뜻하다, 뜻을 두다

誠(성) : 정성(精誠), 진실, 참, 참으로, 만약, 참되게 하다, 공경하다

희문과무은무식(喜聞過無隱無識)

안창후(安昌後)

그른 일 그로라 ᄒ고 모ᄅᄂᆫ 일 모르노라 ᄒ면
그른 일 고치고 모ᄅ던 일 아라 가리
이 말ᄉᆞᆷ 賤近(천근)ᄒ오나 進就(진취)홀 道理(도리)니라

[출전 : 『한설당유고(閒說堂遺稿)』 「한설이십오병시가(閒說二十五幷詩歌)」]

어휘 풀이

그른 일 : 잘못된 일
賤近(천근)ᄒ오나 : 아주 흔한 일이지만
進就(진취)홀: 차차 이루어 나가야 할

작품 해설

이 작품은 부모님의 가르침을 회상하며 읊은 시조이다. 현대어로 알기
쉽게 풀이하면 다음과 같다.

그른 일을 그르다 하고 모르는 일을 모른다고 하면
그른 일 고치고 모르던 일 알아 갈 것이니
이 말씀 별것 아닌 듯하지만 자식이 나아갈 도리니라.

지은이는 부모님이 남긴 일상적인 말이라도 교훈으로 굳게 믿고 실천하
였음을 알 수 있다. 그른 일을 그르다고 할 수 있는 것은 '의(義)', 곧 옳음

을 세우는 것이고, 모르는 일을 모른다고 하는 것은 배움을 추구하는 자세이다. 지은이는 부모님이 자신에게 깨우쳐준 교훈대로 실천하는 것이 자식의 도리, 곧 효도라는 것을 강조하고 있다.

당시 호남 가단의 중심지였던 담양·장성 지역의 인물들이 우리말 시가를 많이 지었는데, 이는 그곳과 가까운 지역인 보성에 살던 지은이에게도 영향을 미쳤던 것으로 보인다. 안창후의 증조부가 호남의 유학자이면서 가사문학에 커다란 영향을 준 하서 김인후·임억령 등과 교유하였던 것을 보아도, 그 지역 가사문학의 영향이 적지 않았음을 짐작할 수 있다. 특히 24수의 시조에 일일이 제목을 붙인 점, 이들 시조(가사 1수 포함)만으로 단행본을 만든 점 등으로 볼 때, 지은이의 시조에 대한 열의를 엿볼 수 있다.

지은이 소개

안창후(安昌後, 1687~1771년)는 조선 후기의 문인으로, 본관은 죽산(竹山), 자는 계중(繼仲)이고, 호는 한설당(閒說堂)이다.

효성이 깊고 학문이 뛰어나 유림의 천거를 받았으나, 벼슬에는 뜻이 없어 관직에 나아가지 않았다. 대신 고향에 한설당(閒說堂)을 짓고 친우들과 글을 벗하며 지냈다.

작품으로는 연시조 24수와 가사인 「명분설(名分說)」 1편 등이 전한다. 시문집인 『한설당유고(閒說堂遺稿)』가 있다.

◆ 아래 시조도 부모의 은혜와 자식의 효도를 주제로 한 안창후의 작품이다.

잇버도 잇분 줄 모르고 괴로워도 괴로운 줄 모르니
養子(양자)홀 至誠(지성)은 愚夫(우부) 愚婦(우부) 훈가지다
아마도 父母心(부모심) 爲心子(위심자)ㅣ아 率性之孝(솔성지효)인가 흐
　　노라

풀이

힘들어도 힘든 줄 모르고 괴로워도 괴로운 줄 모르니,
자식 기르는 정성은 어리석은 부모도 한가지다.
아마도 부모의 마음을 자기 마음으로 삼을 수 있는 자식이 되어야
　　본성을 따르는 효인가 하노라.

이 시조의 제목은 「子以父母心爲心則率性而爲孝(자이부모심위심즉솔성이위효)」인데, 종장을 제목으로 삼은 것이다.

賤(천) : 천하다, 경시하다, 업신여기다, 낮다, 싸다
近(근) : 곁, 가까이 지내는 사람, 근친(近親), 가깝다, 사랑하다, 닮다, 생각이 얕
　　다, 가까이하다, 친하게 지내다
進(진, 신) : 나아가다, 힘쓰다, 더하다, 선물(신)
就(취, 여) : 나아가다, 이루다, 곧, 이에, 가령, 잘

理(리, 이) : 사리, 이치, 나뭇결, 다스리다, 수선하다

愚(우) : 어리석은 사람이나 그런 마음, 자기에게 관계되는 사물에 붙이는 겸칭,
  어리석다, 고지식하다

婦(부) : 며느리, 지어미, 아내, 여자, 예쁘다, 정숙하다

心(심) : 마음, 의지, 심장(心臟), 본성(本性), 가운데, 별자리 이름

爲(위) : 하다, 위하다, 되다, 삼다, 다스리다, 행위

率(솔) : 거느리다, 따르다, 꾸밈없다, 가볍다, 대강, 대략

性(성) : 성품(性品), 바탕, 성질, 사물의 본질, 생명, 마음

之(지) : ~의, ~가, ~에, 이르다, 도달하다

부모는 죽 자시며셔

김계(金啓)

父母(부모)는 죽 자시며셔 이 날을 重(중)치 너겨어
빅米(미) 裹粮(이량)ᄒᆞ야 글니르라 보내셔든
이 몸이 이 恩惠(은혜) 니즈면 草木(초목) 禽獸(금수)나 다르랴

[출전 : 『용담록(龍潭錄)』]

어휘 풀이

너겨어 : 여겨서
빅米(미) : 흰 쌀
裹粮(이량)ᄒᆞ야 : 양식으로 싸서 주어
글니르라 : 글을 읽으라, 글을 배우라고
보내셔든 : 보내셨거든
니즈면 : 잊으면

작품 해설

이 시조는 부모의 은혜를 잊지 않겠다는 다짐을 읊은 작품이다. 현대어
로 풀이하면 이렇다.

부모님은 죽을 드시며 이 날을 중하게 여겨서,
흰 쌀 양식으로 싸주시면서 글 배우라 보내셨는데,
이 몸이 이 은혜를 잊으면 식물이나 동물과 무엇이 다르랴!

초장과 중장에서는, 자식의 입신양명을 위해 죽으로 끼니를 때우면서 식량을 아껴, 글 배우는 자식에게 흰쌀을 양식으로 챙겨 보내는 부모의 자식 사랑을 잘 묘사하고 있다. 종장에서는 이런 부모의 은혜에 보답해야 한다는 지은이의 다짐으로 끝맺고 있다. 종장을 보면 형식에 구속되지 않는 즉흥적인 사설조로 되어 있어, 평민 시가의 멋을 느낄 수 있다.

지은이 소개

김계(金啓, 1575~1657년)는 조선 중기의 문학가로, 자는 옥부(沃夫)이고, 호는 용담(龍潭)이며, 본관은 일선(一善, 즉 善山)이다.

저작으로는 『용사일기(龍蛇日記)』와 『용담일기(龍潭日記)』의 2권이 있다고 하는데, 문집으로 출간되지는 못했다. 『용담록(龍潭錄)』은 김계가 만년에 20년간 쓴 일기이다. 여기에 실린 시조 35수는 소박한 생활을 기록한 일기장이라 할 만한 것으로, 사대부의 시조와는 판이한 성격을 보이고 있다.

더 알아보기

◆ 위 작품과 유사한 주제를 다룬, 지은이의 다른 시조 작품으로는 아래와 같은 것이 있다.

오느를 혜여보니 이내 몸의 永度日(영도일)이
劬勞生我(구로생아)ᄒ샤 辛勤養育(신근양육)ᄒ신 父母恩惠(부모은혜)을
　　生覺(생각)ᄒ니 더욱 설다
언의 제 地下(지하)의 드러가 다시 侍側(시측)ᄒ려뇨

오늘을 헤아려보니 이내 몸의 생일이라.

낳느라 수고하시고 기르느라 애쓰신 부모 은혜 생각하니 더욱 서럽다.

어느 때 지하에 들어가 다시 곁에서 모시려나.

어휘

오ᄂᆞᆯ : 오늘을

혜여보니 : 헤아려보니

永度日(영도일) : 태어난 날, 생일

劬勞生我(구로생아) : 힘들게 나를 낳다

辛勤養育(신근양육) : 힘들게 기르다

셜다 : 서럽다

언의 제 : 어느 때

地下(지하) : 땅속, 저승에

드러가 : 들어가

侍側(시측) : 옆에서 모심

◆ 효를 우선시한 책, 『사자소학』 : 『사자소학』은 처음 학문을 시작하는 사람들을 위해 네 자(字)의 한자를 한 구절로 만들어 쉽게 이해하고 익힐 수 있도록 만든 책이다. 이 책에서는 '효'로부터 시작하는데, 첫 부분은 다음과 같다.

父生我身 母鞠我身(부생아신 모국아신) : 아버지는 내 몸을 낳으시고,
　　어머니께서는 내 몸을 길러주셨다.

腹以懷我 乳以哺我(복이회아 유이포아) : 배로 나를 품으셨고, 젖으로

나를 먹이셨다.

以衣溫我 以食飽我(이의온아 이식포아) : 옷으로 나를 따뜻하게 하시고, 음식으로 나를 배부르게 하셨다.

恩高如天 德厚似地(은고여천 덕후사지) : 은혜가 높음이 하늘과 같고, 덕이 두터움은 땅과 같으니,

爲人子者 曷不爲孝(위인자자 갈불위효) : 자식 된 자로서 어찌 효를 행하지 않겠는가?

欲報其德 昊天罔極(욕보기덕 호천망극) : 부모의 은덕에 보답하고자 하나 하늘과 같이 끝이 없다.

晨必先起 必盥必漱(신필선기 필관필수) : 새벽에 반드시 (부모님보다) 먼저 일어나서 반드시 손을 씻고 반드시 양치질을 한다.

昏定晨省 冬溫夏凊(혼정신성 동온하정) : 어두워지면 부모님께 자리를 펴드리고 아침에 일어나 살피며, 겨울에는 따뜻하게 하고 여름에는 시원하게 하라.

어휘

曷不(갈불) : '~어찌 아니리오'

'其(기)'는 '그'라는 뜻의 대명사로, 위에 있는 '부모'를 대신하는 말

天(천)도 하늘을, 昊(호)도 하늘을 뜻하는데, 昊는 가을하늘[秋]지을 뜻함

罔極(망극)에서 罔은 無(무)와 같은 부정어. 罔極은 사극에서 '성은이 망극하옵니다.'라고 할 때의 그 망극임

凊 : '청'으로 읽기도 하나, 여기서는 '정'으로 읽음

◆ 이 시조와 관련 있는 속담으로, "자식들은 평생 부모 앞에 죄 짓고 산다."라는 것이 있다. 그 뜻인즉, 자식은 부모에게 늘 걱정을 끼치고, 받은

은혜에 다 보답하지 못하고 산다는 것이다.

한자 익히기

白(백) : 흰빛, 백발, 희다, 깨끗하다, 비다, 명백하다, 진솔하다, 아뢰다

米(미) : 쌀, 미터(meter)

裏(리, 이) : 속, 내부, 사물의 안쪽, 속마음, 다스려지다, 안에 받아들이다

粮(량, 양) : 양식, 먹이, 급여

惠(혜) : 은혜(恩惠), 사랑, 자애, 은혜를 베풀다, 사랑하다

草(초) : 풀, 잡초, 초고(草稿), 초서, 풀을 베다, 시작하다, 창조하다

木(목) : 나무, 오행(五行)의 하나, 목성, 질박(質樸)하다, 꾸밈이 없다

禽(금) : 새, 날짐승, 날짐승과 길짐승의 총칭, 사로잡다, 사로잡히다

獸(수) : 짐승, 가축, 짐승 같은, 야만스러운, 사냥하다

永(영) : 길다, 오래다, 오래 끌다, 멀다, 읊다, 오래도록, 영원히

度(도) : 법도, 법, 자, 횟수, 온도 등의 단위

劬(구) : 수고롭다, 애쓰다, 힘들이다, 자주 하다, 바쁘게 일하다

勞(로, 노) : 수고, 노고, 공로, 공적, 일하다, 힘들이다, 수고롭다, 위로하다

我(아) : 나, 우리, 나의, 아집을 부리다, 굶주리다

辛(신) : 매운 맛, 여덟째 천간, 맵다, 괴롭다, 고생하다

勤(근) : 부지런하다, 근무하다, 힘쓰다, 근심하다, 걱정하다, 괴로워하다

育(육) : 기르다, 자라다

覺(각, 교) : 깨달음, 선각자, 별 이름, 깨닫다, 깨우치다, 밝히다, 높고 크다, 잠을 깨다(교)

侍(시) : 시중드는 사람, 모시다, 시중들다, 기르다

側(측) : 곁, 가까이, 치우친 곳, 언저리, 혼자, 아련히, 귀를 기울이다, 해나 달이 기울다, 쏠리다

어버이 사라신 제

정철(鄭澈)

어버이 사라신 제 셤길 일란 다ᄒᆞ여라
다나간 後(후)면 애ᄃᆞᆲ다 엇디ᄒᆞ리
평싱애 곳텨 못ᄒᆞᆯ 이리 이ᄲᅮᆫ인가 ᄒᆞ노라

[출전 : 『경민편(警民篇)』 「훈민가」]

어휘 풀이

제 : 때
셤길 일란 : 섬길 수 있는 일은
다나간 : 돌아가신
애ᄃᆞᆲ다 : 애닮구나
엇디하리 : 어찌하겠는가
곳텨 : 다시

작품 해설

이 시조는 부모님에게 효도하도록 권장하는 내용을 담고 있다. 이를 풀이하면 다음과 같다.

어버이가 살아계실 때 섬기는 일은 다하여라.
돌아가신 후에 애달프다고 한들 무슨 소용이 있으랴.
평생에 다시 돌이키지 못할 일은 이뿐인가 하노라.

지은이는, 자식은 어버이에게 효도해야 한다는 분명한 당위성을 평이한 논거를 들어 제시하고 있다. 어버이가 살아 계실 때의 효도가 중요하다고 강조할 뿐, 돌아가신 후에 삼년상을 치르거나 제사를 통해 기리는 효까지 확대시키지는 않았다. 이렇게 현실을 강조함으로써, 사대부의 입장에서 유교 윤리를 일방적으로 노래하기보다는, 창작 당시의 주된 향유층, 즉 백성들을 일깨우기 위한 의도를 엿볼 수 있다.

이 작품은 그가 강원도관찰사로 부임하던 때, 중국 송대의 진양(陳襄)이 지은 「선거권유문(仙居勸諭文)」과 진덕수(眞德秀)가 지은 「천주유문(泉州諭文)」을 바탕으로 지었다고 알려져 있다. 또한 『경민편』에서 「훈민가」를 풀이하면서, "백성으로 하여금 항상 외우고 익히며 읊게 하여 입에 익게 하면, 사람의 성정을 감발(感發)시키는 데 도움이 없지 않을 것이므로, 이에 덧붙여 새겨서 이름을 훈민가라 한다."라고 하여, 유교의 교훈을 전파하기 위해 지었음을 밝히고 있다.

지은이 소개

정철(鄭澈, 1536~1593년)은 조선 중기의 문신이자 문인이다. 자는 계함(季涵)이며, 호는 송강(松江) 또는 칩암거사(蟄庵居士)이다.

김인후(金麟厚) · 이황(李滉)을 스승으로 모셨고, 기대승(奇大升)과 송순(宋純) 등에게서도 가르침을 받았으며, 이이(李珥) · 성혼(成渾) · 송익필(宋翼弼) 등과 교유하였다. 동인과 서인으로 당파가 나뉘자, 서인의 편에 섰으며, 여러 차례 관직에 등용되고 사직하기를 거듭하였다. 벼슬은 대사헌에까지 이르렀으며, 이이와 함께 사가독서(賜暇讀書)를 한 적도 있다.

문학에서는 당대 가사문학(歌辭文學)의 대가(大家)로서, 국문학사상 중요한 위치를 차지하며, 한편으로 성리학(性理學)에 대한 관심도 높았다.

더 알아보기

아래 시조도 지은이의 훈민가 중 한 수이다.

> 네 아돌 *孝經*(효경) 닑더니 어도록 비환ᄂ니
> 내 아돌 *小學*(소학)은 모ᄅ면 ᄆ출로다
> 어ᄂ 제 이 두 글 비화 어딜거든 보려뇨

풀이

너의 아들이 『효경』을 읽는다더니 얼마나 배웠는가?

내 아들은 『소학』을 모레쯤이면 마친다네.

언제나 (내 아들이) 이 두 책을 배워 어진 사람이 되는 것을 볼 수 있
    으려나.

어휘

닑더니 : 읽더니

어도록 : 얼마나

비환ᄂ니 : 배웠는가

모ᄅ면 : 모레가 되면

어ᄂ 제 : 어느 때에

어딜거든 : 어질게 되는 것을, 어진 사람이 되는 것을

보려뇨 : 볼 수 있을까

이 시조도 역시 훈민가 작품의 하나이다. 지은이는 문답법을 통해 아

버지의 입장에서 자식의 공부에 대한 깊은 관심과 공부의 목표가 인간의 완성인 어짊[仁]에 있다는 것을 우회적으로 표현하였다. 이 시조에서 시어로 사용한 『효경』과 『소학』은, 어린이들이 부모에 대해 효도하고 올바른 몸가짐을 가질 수 있도록 해주는 수신서이다. 따라서 이 책에 대한 공부를 통해 어진 사람이 되어야 한다는 유교 정신을 비유적으로 깨우치려 하였다.

한자 익히기

後(후) : 뒤, 곁, 아랫사람, 뒤떨어지다, 뒤처지다, 뒤로 하다
平(평) : 평평하다, 고르다, 가지런하게 되다, 편안하다
經(경) : 글, 경서(經書), 날, 법, 도리, 경계(境界), 지나다, 다스리다
小(소) : 작다, 좁다, 가볍게 여기다, 어리다
學(학) : 가르침, 학교, 학문, 학파, 배우다, 공부하다, 모방하다

촌마도 못한 푸리

박선장(朴善長)

寸(촌)마도 못한 푸리 봄 이슬 마즌 후에
닙 넓고 줄기 기러 밤나즈로 부러낫다
이 恩惠(은혜) 하 罔極(망극)ᄒ니 가풀 줄을 몰너라

[출전 : 『수서집(水西集)』「오륜가(五倫歌)」]

어휘 풀이

寸(촌)마도 : 한 마디도
못한 : 못 되는
마즌 : 맞은
밤나즈로 : 밤낮으로
부러낫다 : 불어났다, 자라났다
하 : 아주, 몹시. 정도가 매우 심하거나 크다는 것을 강조하는 데 쓰이는 부사
罔極(망극) : 끝이 없음
몰너라 : 몰라라, 모르겠구나

작품 해설

이 시조는 자식을 길러주신 부모님의 은혜를 기리며 읊은 작품이다. 현
대어로 풀이하면 다음과 같다.

한 마디도 안 되던 풀이 봄 이슬을 맞은 후에
잎이 넓어지고 줄기가 길어지며 밤낮으로 자라났다.

이 은혜는 끝이 없어 갚을 방법을 모르겠구나.

　지은이는 봄날 조그맣던 풀이 점점 자라 크게 되는 것을 보고, 자신이 태어나 이렇게 성장한 것은 부모의 보살핌 덕분이라는 것을 깨닫고, 그 커다란 은혜에 보답하여야 한다는 각오를 표현하였다.

지은이 소개

　박선장(朴善長, 1555~1617년)은 조선 중기의 문신으로, 자는 여인(汝仁)이고, 호는 수서(水西)이며, 본관은 무안(務安)이다.

　어려서부터 학문에 힘썼으나 벼슬에 뜻을 두지 않고, 유성룡(柳誠龍)·조목(趙穆) 등과 같은 당대의 큰 선비들에게 배우기를 힘쓰는 한편, 몸소 실천하면서 후진을 양성하는 데 주력하였다.

　과거에 뜻이 없었음에도, 노모의 권유로 늦은 나이인 50세에 대과에 응시하여 잠시 벼슬을 한 적이 있을 정도로 효성이 지극했다. 만년에는 영주(榮州)에 구만서당(龜灣書堂)을 짓고 학생들을 모아 교육하였다. 청백리(淸白吏)로 뽑혔으며, 도승지에 추증되었다. 저서로는 『수서집(水西集)』이 있는데, 여기에 「오륜가(五倫歌)」(8수)가 실려 있다.

더 알아보기

　「오륜가」 중 군신유의(君臣有義)를 다룬 내용은 다음과 같다.

　이 님이 머기시고 이 님이 입피시니
　十生九死(십생구사)혼들 님의 덕을 니줄느냐

萬一(만일)에 大義(대의)를 모르면 廝養(시양)이나 다르랴

풀이

임금께서 먹여주시고 임금께서 입혀주시니

열 번 죽어 아홉 번 살아난들 님의 덕을 잊겠느냐.

만약 이 큰 뜻을 모른다면 천한 일을 하는 사람과 무엇이 다르랴.

어휘

廝養(시양) : 땔나무를 하거나 밥을 짓는 것 같은 천한 일, 또는 그 일을
하는 천민

한자 익히기

寸(촌) : 마디, 치, 촌수, 마음, 조금, 약간, 작다, 적다, 헤아리다

罔(망) : 그물, 계통, 조직, 없다, 속이다, 어둡다, 근심하다, 그물질하다

十(십) : 열, 전부, 열 배 하다

死(사) : 죽다, 다하다, 목숨 걸다

大(대) : 크다, 높다, 존귀하다, 뛰어나다, 많다

義(의) : 의, 정의, 의리, 옳다, 의롭다, 바르다

廝(시) : 하인, 종, 노예, 천하다, 부리다

부혜 날 나흐시니

김수장(金壽長)

父兮(부혜) 날 나흐시니 恩惠(은혜) 밧긔 恩惠로다
母兮(모혜) 날 기르시니 德(덕) 밧긔 德이로다
아마도 하늘 ᄀᆞ튼 恩德(은덕)을 어듸다혀 갑스올고

[출전 :『해동가요(海東歌謠)』주씨본(周氏本)]

어휘 풀이

밧긔 : 밖의
은덕(恩德) : 은혜와 덕
어듸다혀 : 어떻게
갑스올고 : 갚을 것인가

작품 해설

이 시조는 부모의 은혜에 대한 감사의 마음을 담은 작품이다. 현대어로
풀이하면 다음과 같다.

아버님 날 낳으시니 은혜 밖의 은혜로다.
어머님 날 기르시니 덕 밖의 덕이로다.
아마도 하늘같은 은덕을 어떻게 갚아 드릴까?

이 시조에서는 무엇과도 비교할 수 없이 큰 부모님의 은덕을 강조하고,

이를 어떻게 갚아야 할지를 고민하는 지은이의 심정을 읊고 있다. 그리하여 누구나 부모의 은덕에 대해 감사하고, 효를 통해 갚아야 한다는 것을 강조하고 있다.

지은이 소개

김수장(金壽長, 1690~?)은 조선 후기의 가인(歌人)으로, 자는 자평(子平), 호는 십주(十州, 혹은 十洲) 또는 노가재(老歌齋)이다. 김천택과 쌍벽을 이루는, 숙종·영조 시기의 대표적인 가인이다. 1775년에 조선 시대의 3대 시조집인 『해동가요』 을해본(일명 박씨본)을 편찬하였는데, 그 뒤로도 80세가 넘도록 개정 작업을 계속했다고 한다. 그는 한 가단의 지도자로서, 가악의 발전과 후진 양성에 주력하였다. 만년인 1760년에는 서울 화개동에 노가재라는 집을 짓고 제자들을 가르치는 등 가악 활동을 주도해 나갔다. 노가재 경영을 전후하여 노가재가단(老歌齋歌壇)이 이루어진 듯하다. 그가 남긴 시조는 『해동가요』 을해본에 16수, 계미본에 117수, 『청구가요』에 3수 등이 실려 있다.

더 알아보기

◆ 이와 유사한 주제를 다룬 지은이의 다른 시조 작품들로는 아래와 같은 것들이 있다.

(1) 나니 나든 적에 天地(천지)를 처음 보왜
　　하늘은 놉호시고 ᄯᅡ히 두루 크시들아
　　生前(생전)에 놉고 큰 德(덕)을 니즐 쭐이 잇시랴

내가 나던 때에 천지를 처음 보니

하늘은 높으시고 땅은 두루 크시더라 .

생전에 높고 큰 은덕을 잊을 수가 있으랴.

어휘

나니 : 아아!

보왜 : 보겠구나

니즐 쏠이 : 잊을 수가

(2) 父母(부모) 사라신 제 愁心(수심)을 뵈지 말며

　　樂其心(낙기심) 養其體(양기체)ᄒ야 百歲(백세)를 지닌 후에

　　못ᄎᆞᆷ닉 香火(향화) 不絶(부절)이 그 올흔가 ᄒ노라

풀이

부모님 살아 계실 때 근심을 보이지 말며

기쁘시고 건강하게 백 년을 지낸 후에

마침내 제사를 끊지 말고 지내는 것이 옳은가 하노라.

(3) 父母 뫼신 分(분)닉 이 내 말 굿게 드러

　　大舜(대순) 曾參(증삼)을 부딕 스승 삼으시소

　　비흔 後(후) 子孫(자손)에게 傳(전)ᄒ여 긋지 말게 ᄒ시소

풀이

부모님 모신 분들 이내 말씀 굳게 들어

순임금 증자를 부디 스승 삼으시오.

배운 후에는 자손에게 전하여 끊이지 않게 하시오.

(4) 父兮生我(부혜생아)ᄒ시고 母兮鞠我(모혜국아)ᄒ시니

　　父母의 恩德(은덕)은 昊天罔極(호천망극)이옵껀이

　　眞實(진실)로 白骨(백골)이 塵粉(진분)인들 此生(차생)에 어이 갑ᄉ오리

풀이

아버님은 날 나으시고 어머님은 날 기르시니

부모님 은덕은 하늘같이 끝이 없는데

참으로 백골이 가루가 된들 이승에서 어찌 갚으리오.

◆ 이 시조와 관련이 있는 속담으로 "잔병에 효자 없다."라는 말이 있다. 즉 오랫동안 병을 앓는 부모를 끝까지 정성껏 간병하는 자식들이 드물다는 점을 꼬집는 속담이다. 비슷한 속담으로는 "장병에 효자 없다.", "긴 병에 효자 없다.", "삼 년 구병에 불효 난다." 등이 있다.

한자 풀이

兮(혜) : 어조사, 감탄사

愁(수) : 근심, 시름, 근심하다, 시름거워하다, 슬퍼하다

其(기) : 그, 그것, 어찌, 이미

體(체) : 몸, 신체, 몸소, 친히, 형상, 물체, 체험하다, 체득하다

百(백) : 백, 백 번, 모두, 온갖, 백 배 하다

歲(세) : 해, 나이, 새해, 수확, 목성, 제사 이름

香(향) : 향기, 향, 향기로움, 향료, 향기롭다, 감미롭다

삼쳔죄악 듕에

박인로(朴仁老)

三千罪惡中(삼천죄악중)에 不孝(불효)애 더니 업다
夫子(부자)의 이 말슴 萬古(만고)애 大法(대법)삼아
아모려 下愚不移(하우불이)도 밋처 알게 ᄒ렷로라

[출전 : 『노계선생문집(蘆溪先生文集)』「오륜가(五倫歌)」]

어휘 풀이

三千罪惡(삼천죄악) : 『효경(孝經)』에 나오는 공자의 말로서, 사람이 저지르는 온
　　갖 범죄와 악행을 가리킴

더니 업다 : 더한 것이 없다

夫子(부자) : 원래 성현을 일컫던 말이나, 단독으로 쓰일 때는 공자만을 가리키
　　는 고유 칭호로 자주 쓰임

大法(대법) : 큰 법도, 가장 중요한 도덕

아모려 : 아무리

下愚不移(하우불이) : 너무나 어리석어서 아무리 가르친다 하더라도 지혜로운
　　사람이 될 수 없다는 뜻

작품 해설

　이 시조는 공자의 말을 빌려 불효를 경계하는 내용을 표현한 작품이다.
현대어로 풀이하면 다음과 같다.

　　삼천 가지 죄악 중에 불효보다 더한 것이 없다.

공자의 이 말씀을 세상에서 비길 데 없는 큰 법도로 삼아

아무리 어리석은 사람이라도, 알 수 있게 하겠노라.

지은이는 임진왜란과 병자호란이라는 두 차례의 큰 전쟁을 통해 소홀히 여겨지던 인륜을, 효를 통해 되살리고자 하였다. 불효가 가장 큰 죄악이라는 것은, 효가 모든 윤리 덕목의 기본이라는 말과 같다. 전쟁이라는 상황 속에서 잊혀지기 쉬운 이 같은 내용을 다시금 강조함으로써, 유교 윤리 속에서의 효를 되살리고자 한 지은이의 의지가 엿보인다.

지은이 소개

앞의 「반중 조홍감이」 참조(43쪽)

더 알아보기

◆ 같은 주제를 노래한 지은이의 다른 시조들로는 아래와 같은 작품들이 있다.

(1) 天地間(천지간) 萬物中(만물중)에 사름이 最貴(최귀)ᄒ니

　　最貴흔 바는 五倫(오륜)이 아니온가

　　사름이 五倫을 모르면 不遠禽獸(불원금수) ᄒ리라

풀이

천지간 만물 중에 사람이 가장 귀하니

가장 귀한 바는 오륜이 아니던가?

사람이 오륜을 모르면 짐승이나 다름없으리라.

(2) 人生(인생) 百歲中(백세중)에 疾病(질병)이 다 이시니

　　父母(부모)를 섬기다 몃히를 섬길넌고

　　아마도 못 다홀 誠孝(성효)를 일즉 벼퍼 보렷로라

풀이

인생 백 세를 사는 동안에 질병이 다 있으니

부모를 섬긴들 몇 해를 섬길런고.

아마도 못 다할 효도를 일찍 베풀어보려 하노라.

어휘

섬긴들 : 섬긴다고

섬길런고 : 섬길 것인가, 섬기겠는가

誠孝(성효) : 정성스런 효심

벼퍼 보렷로라 : 베풀어보려 하노라

(3) 父母 섬기기를 至誠(지성)으로 섬기리라

　　鷄鳴(계명)에 盥漱(관수)ᄒ고 燠寒(욱한)을 믓ᄌᆞ오며

　　날마다 侍側奉養(시측봉양)을 沒身不衰(몰신불쇠)ᄒ오리라

풀이

부모 섬기기를 정성을 다하여 섬기리라.

닭 울면 세수하고 덥고 추움에 따라 (입을 옷을) 여쭈오며

날마다 곁에서 모심을 변함없이 하리라.

어휘

鷄鳴(계명) : (새벽녘) 닭의 울음

盥漱(관수)하고 : 손을 씻고 양치질을 함

燠寒(욱한) : 燠(따스할 욱), 寒(찰 한). 날씨가 덥고 추움에 따라 부모가
    입으실 옷을 가려서 물어보며

侍側奉養(시측봉양) : 웃어른 곁에 있으면서 받들어 모심

沒身不衰(몰신불쇠) : 몸이 다할 때까지 쇠하지 않음, 즉 희생적으로 봉양
    하되 끝까지 달라짐이 없음

(4) 世上(세상) 사름들아 父母恩德(부모은덕) 아느산다

父母곳 아니면 이 몸이 이실소냐

生死葬祭(생사장제)예 禮(예)로뻐 終始(종시) 갓게 섬겨서라

풀이

세상 사람들아 부모 은덕 아시는가?

부모가 아니면 이 몸이 있겠느냐.

생시나 장례 제사에 예로써 변함없이 섬겨라.

어휘

父母恩德 : 어버이가 자식한테 베푸는 은혜와 보살핌

아느산다 : 아는가. ' ~ 느산다'는 '~는가?' '~느냐?'의 옛말

生死葬祭 : 장제(葬祭)는 장사와 제사를 지내는 일

終始 : 처음부터 끝까지

섬겨서라 : 섬겨라. '~ 어서라'는 '~ 어라'의 옛 말

한자 익히기

三(삼) : 석, 셋, 자주, 여러 번

千(천) : 천, 밭두렁, 그네(=韆), 반드시, 기필코

罪(죄) : 죄, 죄인, 허물, 잘못, 온갖 불행한 일, 그물, 죄를 주다

惡(악, 오) : 더러움, 질병(疾病), 악하다, 나쁘다, 더럽다(오)

古(고) : 옛날, 예전, 선조, 오래 되다, 예스럽다, 순박하다

法(법) : 법, 방법, 불교의 진리, 꼴, 본받다

移(이) : 옮기다, 늦추다, 바꾸다, 변하다

間(간) : 사이, 때, 동안, 틈, 몰래, 간혹, 사이에 두다, 이간하다

物(물) : 물건, 일

最(최) : 가장, 제일, 으뜸, 우두머리

貴(귀) : 귀한 사람, 귀하다, 중요하다, 숭상하다, 비싸다

五(오) : 다섯, 오행(五行)

倫(륜, 윤) : 인륜, 도리, 차례, 떳떳하다

遠(원) : 멀다, 깊다, 많다, 세월이 오래되다

아비는 나으시고

박인로

아비는 나으시고 어미는 치웁시니
昊極罔天(호극망천)이라 갑흘 길이 어려우니
大舜(대순)의 終身誠孝(종신성효)도 못 다한가 ᄒ노라

[출전 : 『노계선생문집』 「오륜가」]

어휘 풀이

치웁시니 : 기르시니

昊極罔天(호극망천) : 넓은 하늘같이 끝이 없음

大舜(대순) : 효성이 지극했던 순임금에 대한 존칭

終身誠孝(종신성효) : 부모님의 임종 때 옆에서 모시는 효성

작품 해설

이 시조는 부모님의 무한한 은혜를 찬양한 작품이다. 현대어로 풀이하
면 다음과 같다.

아버지는 날 낳으시고 어머니는 날 기르시니
이 은혜 하늘처럼 끝이 없어 갚기 어려우니
위대한 순임금의 한평생 진실된 효도로도 다 할 수 없을 것이다.

지은이는 대효(大孝) 또는 출천지효(出天之孝 : 하늘이 낸 효자)로 손꼽히

는 순임금의 효도로도 자신의 아버지와 어머니의 은혜를 다 갚을 수 없다고 표현함으로써, 무한한 부모님의 은혜를 기리면서 효도하겠다는 자신의 각오를 다지고 있다.

지은이 소개

앞의 「반중 조홍감이」 참조(43쪽)

더 알아보기

◆ 이와 유사한 주제를 다룬 지은이의 다른 시조로는 다음 작품이 있다.

紅塵(홍진)에 쓰지 업서 斯文(사문)을 닐을 삼아
繼往開來(계왕개래)ᄒ야 吾道(오도)을 발키시니
千載後(천재후) 晦菴(회암) 先生(선생)을 다시 본 덧하여라

풀이

세속에 뜻이 없어 유교의 문화를 일을 삼아
성현들의 가르침을 이어 후세들을 가르치며 우리의 유도를 밝히시니
천 년 뒤 회암 선생을 다시 본 듯하여라.

◆ 순임금의 효에 대해 언급한 내용들
공자 : 子曰 舜其大孝也與![순임금은 큰 효를 실천한 분이신저!]
맹자 : 桃應問於孟子曰, 舜爲天子, 皐陶爲士, 瞽瞍殺人, 則如之何, 孟子曰,

執之而已矣, 說者謂, 皐陶唯知有法而已, 不知有天子之父, 舜雖爲天子, 不能
爲父而廢法.[도응이 맹자에게 묻기를, "순이 천자가 되고 고요가 옥관이 되었는데,
고수가 살인하였으면 어찌합니까?" 하니, 맹자가 이르기를, "잡을 따름이다." 하였는
데, 설자가 말하기를, "고요는 오직 법이 있는 것만 알 뿐이요, 천자의 아버지가 있
는 것을 알지 못하며, 순은 비록 천자가 되었더라도 아버지를 위하여 법을 폐할 수
는 없다."라고 하였습니다.]

◆ 순임금과 관련된 속담으로는 "순임금의 효도에 하늘도 감동하다."라
는 말이 있다.

한자 익히기

昊(호) : 하늘, 여름 하늘, 큰 모양, 희다, 밝다

舜(순) : 순임금, 무궁화, 뛰어나다

終(종) : 끝, 마지막, 항상, 늘, 마침내, 결국, 마치다, 죽다, 다하다

身(신) : 몸, 줄기, 자기, 신분

塵(진) : 티끌, 시간, 더럽히다, 묵다

斯(사) : 이, 이것, 잠깐

文(문) : 글월, 글자, 책, 무늬

繼(계) : 잇다, 계속하다, 지속하다, 매다, 그 다음에, 이어서

往(왕) : 과거, 이미 지나간 일, 이따금, 뒤, 가다, 보내다, 향하다

開(개) : 열다, 꽃이 피다, 개척하다, 시작하다, 깨우치다

來(래, 내) : 미래, 후세, 이래, 앞으로, 오다, 돌아오다

吾(오) : 니, 그대, 우리

載(재) : 싣다, 물건을 얹다, 올라타다

晦(회) : 그믐, 밤, 어둠, 어둡다, 희미하다, 캄캄하다, 어리석다

菴(암) : 암자, 초막, 절, 우거지다

先(선) : 먼저, 앞, 처음, 돌아가신 이, 앞선 사람, 조상, 앞서다

부모 구존ᄒ시고

이숙량(李叔樑)

父母(부모) 俱存(구존)ᄒ시고 兄弟(형제) 無故(무고)호ᄆᆯ

ᄂᆷ 대되 닐오ᄃᆡ 우리 지븨 ᄀᆺ다터니

어엿븐 이내 ᄒᆫ 모ᄆᆞᆫ 어ᄃᆡ 갓다가 모ᄅᆞᆫ뇨

[출전 : 『매암집(梅巖集)』「분천강호가(汾川講好歌)」]

어휘 풀이

구존(俱存) : 살아 있다

무고(無故) : 탈 없이 지내다

※ 父母俱存 兄弟無故(부모구존 형제무고) : "부모가 모두 살아계시고 형제들에
   게 탈이 없는 것"은 맹자가 말한 세 가지 즐거움 가운데 하나이다.

ᄂᆷ 대되 : 남들이 모두

ᄀᆺ다터니 : 갖추었다 하더니, 부유하다고 하더니

어여쁜 : 가엾은, 불쌍한

작품 해설

이 작품은 지은이가 오랜 세월 동안 타향에서 생활하다가 고향으로 돌
아와, 지난날 화목했던 가정을 회상하며 지은 시조이다. 이를 현대어로 풀
이하면 다음과 같다.

부모님 살아 계시고 형제도 탈이 없음을

남들은 우리 집이 갖췄다고 말하는데
불쌍한 이내 한 몸은 어디에 갔다 와서 모르는가.

이 작품은 다른 도학자들의 작품처럼 윤리의 문제와 삶의 태도의 문제를 주제로 다루고 있다. 그런데 일상어로 표현된 문체 속에서 그러한 내용을 자연스럽게 담아 내고 있는 것이 특징이다.

지은이의 아버지인 이현보는 영남의 가단을 이끌었던 인물이다. 그는 44년의 오랜 세월 동안 벼슬을 한 후 고향으로 돌아왔다. 이때 그는 풍류를 즐기는 데는, 읊기만 하는 한시보다 노래로 부를 수 있는 국문 시가가 더 유용하다고 생각하였다. 그리하여 악장가사로 전해오던 「어부사」를 개작하여 노래로 만들었으며, 「효빈가」·「농암가」·「생일가」 같은 단가들을 지어, 자연을 벗 삼아 살아가는 처사적(處士的) 삶의 방식을 개발해 내는 데 몰두하였다.

아들인 이숙량은 전대의 처사적인 삶을 노래하는 데에서 더 나아가, 가문의 의례를 바로잡기 위한 행사를 실천하였는데, 매월 음력 초하루와 보름에 모여 종족 간의 인사[배례]·강론·술 마시기에 이어 악장 부르기를 하는 등 유교의 의례 활동과 시조 음악을 결합시켰다.

지은이 소개

이숙량(李叔樑, 1519~1592년)은 조선 선조 때의 학자로, 자는 대용(大用)이고, 호는 매암(梅巖)이며, 본관은 영천(永川)이다. 영남 지역에서 국문 시가를 발전시켰던 농암(聾巖) 이현보(李賢輔)의 여섯째아들이다.

일찍이 예안(禮安 : 지금의 안동)에 있으면서 퇴계 이황의 문하에서 학문

을 배웠다. 진사에 합격했으나 과거에 뜻을 두지 않고 대구에서 매암서당
(梅巖書堂)을 지어 『심경(心經)』 등과 같은 성리학(性理學) 공부에 힘썼으며,
대구의 연경서원(研經書院)과 안동의 역동서원(易東書院) 등에서 가르쳤다.
아버지인 이현보의 뜻을 이어 애일당(愛日堂)을 보수하고, 구로회(九老會)를
이어받아 연회를 베풀기도 하였다.

　말년에는 고향인 분천으로 돌아와 성리학의 의례를 집안에서 실천하고
자 『분천강호록(汾川講好錄)』을 지었다. 그리고 임진왜란의 일어나자 격문
을 지어 의병의 궐기를 촉구하기도 하였으나, 그 해에 세상을 떠났다. 글씨
와 문장에 뛰어나 선성(宣城), 즉 예안의 삼필(三筆) 가운데 한 사람으로 일
컬어진다.

더 알아보기

◆ 지은이의 다른 시조 작품으로는 아래와 같은 것이 있다.

父母(부모)님 계신 제는 父母ㄴ 주를 모르더니

父母님 여흰 후에 父母ㄴ 줄 아로라

이제사 이 무슴 가지고 어듸다가 베프료

풀이

부모님 계실 때에는 부모님(의 은혜)을 모르다가

부모님이 돌아가신 후에야 부모님의 은혜를 알겠노라.

이제야 이런 마음이 갖게 되었으니 어디에다 베풀 수 있겠는가!

[출전 : 『매암집』]

◆ 이름난 효자 이현보

이숙량의 아버지 이현보는 당시 효자로 이름났다. 부모뿐만 아니라 이웃의 어른들까지 남달리 정성껏 봉양했다. 1519년에 안동부사로 있으면서 양반과 천민을 구분하지 않고 80세 이상의 노인들을 관아로 모셔 경로잔치를 열었다. 이때 노인들을 기쁘게 해드리려고 때때옷을 입고 춤을 추었다고 한다. 이후 70세가 넘은 나이에도 부모를 기쁘게 하기 위해 계속 때때옷을 입고 춤을 추었다. 때때옷을 입고 춤을 춘 이유는, 부모가 늙었다는 것을 의식하지 못 하게 하려 했던 노래자(老萊子)의 효도 정신을 본받은 것이라 할 수 있다. 한편 이현보가 늙은 부모를 위해 지금의 안동시 도산면 분천리에 정자를 짓고, 그 이름을 '애일당(愛日堂)'이라고 한 것에서도 그의 효심을 엿볼 수 있다. '애일'은 '하루하루의 날을 아낀다'는 뜻으로, 연로한 부모를 봉양할 날이 얼마 남지 않았다는 절박한 심정을 담은 것이다.

◆ 반의지희(班衣之戱)

원래의 뜻은 '때때옷을 입고 논다.'라는 뜻으로, 노래자가 부모에게 극진히 효도한 고사에서 유래되었다. 중국 춘추전국 시대의 노래자라는 사람은 효성이 지극하여 항상 부모님을 가까이에서 모시면서 효도를 다했다고 한다. 여러 효행들 가운데에서도 때때옷을 입고 어린아이 흉내를 내어, 늙은 부모로 하여금 아들의 아기 시절을 연상하게 하여 기쁘게 해드리고, 부모가 나이를 의식하지 못 하도록 했다는 일화에서 유래한 고사성어이다. 같은 뜻의 고사성어로는, '노래지희(老萊之戱)'가 있고, 또한 '채의이오친(綵衣以娛親)'·'채의지년(綵衣之年)'이 있다.

◆ 맹자의 인생삼락

맹자는 인격이 훌륭한 사람[군자]에게는 세 가지 즐거움이 있다고 하였다. 첫째는 부모가 모두 살아 계시고, 형제에게 별 탈이 없는 것이며, 둘째는 하늘을 우러러 부끄러움이 없고, 굽어보아도 부끄럽지 않은 것이며, 셋째는 세상의 뛰어난 인재를 얻어서 교육하는 것이라고 하였다. 맹자는 여기에 덧붙여 세상에서 임금 노릇을 하는 것은 즐거움에 속하지 않는다고, 앞에서도 말하고 끝에서도 말하면서 거듭 강조하고 있다.

한자 익히기

俱(구) : 함께, 모두, 전부, 갖추다, 구비하다

存(존) : 있다, 살아 있다, 보존하다

兄(형) : 형, 나이 많은 사람, 벗을 높여 부르는 말

弟(제) : 아우, 나이 어린 사람, 자기의 겸칭(謙稱), 다만, 공경하다, 공손하다, 순하다

無(무) : 없다, 아니다, 말다

故(고) : 예, 연고, 까닭, 도리, 잘 아는 벗, 고의로 한 일

긔 엇진 말이온고

강복중(姜復中)

긔 엇진 말이온고 닉 그른 드시외드
父母(부모)의 教化(교화)는 날 ㅅ랑ᄒᆞ시ᄂᆞ니
진실로 이 教下(교하) 厭(염)ᄒᆞ면 긔돗티ᄂᆞ 다르랴

[출전 : 『청계망사공유사가사(淸溪妄士公遺事歌詞)』「계해반정가(癸亥反正歌)」]

어휘 풀이

긔 엇진 말이온고 : 그것이 어찌된 말인가
드시외드 : 탓이외다
教化(교화) : 가르치고 이끌어 좋은 방향으로 나아감
教下(교하) : 가르침
厭(염)ᄒᆞ면 : 싫어하면
긔돗티ᄂᆞ : 개돼지나
다르랴 : 다르겠는가

작품 해설

이 시조는 부모의 가르침을 깨닫지 못하는 세태에 대해 경고하는 내용을 담고 있다. 현대어로 풀이하면 다음과 같다.

그 어찌된 말인가, 내가 그른 탓이외다.
부모가 자식 가르침은 날 사랑하심이니,
진실로 이 가르침 싫다 하면 개돼지와 다르겠는가.

지은이는 부모님의 가르침을 제대로 받아들이지 못하는 자신을 빗대어, 사람들이 부모의 가르침을 따르지 않는 것은 개돼지나 다름없다고 비판하였다.

이 작품은 임진왜란과 병자호란을 겪으면서 전쟁의 고통 속에서 변한 세태를 한탄하며 지은 것이다. 전란을 겪은 지 얼마 지나지 않았기 때문인지, 표현이 직설적이고 약간 과격하다는 느낌을 준다.

지은이 소개

강복중(姜復中, 1563~1639년)은 자가 재기(載起)이고, 호는 중화재(中和齋) 또는 청계(淸溪)이며, 스스로 청계망사(淸溪妄士)·청계작옹(淸溪酌翁)이라 불렀다고 한다. 본관은 진주(晋州)이다.

벼슬은 참봉이라는 말직에 지나지 않았으나, 시가문학에 남다른 재능을 보여 국가 정세에 대한 관심을 시조에 직접적으로 담아 냈다. 인조반정 때 지은 「계해반정가(癸亥反正歌)」에서는 거사를 찬양하는 심정을 표현하였고, 병자호란 때 지은 가사인 「위군위친통곡가(爲君爲親痛哭歌)」는 병자호란 후의 참상을 목도한 지은이가 임금에 대한 그리움과 나라에 대한 충성심 등을 읊은 작품이다.

더 알아보기

◆ 「계해반정가」

강복중이 지은 시조로, 그의 가집인 『청계망사공유사가사(淸溪妄士公遺事歌詞)』에 수록되어 있다. 「천운순환질조가(天運循環七條歌)」라고도 한다. 계해년인 1623년에 광해군을 몰아낸 이귀(李貴)의 반정(反正)을 지지하고

자 쓴 것으로, 본래는 7수였다고 하나 현재는 6수만 전해지고 있다. 시조의 형식이 파격적이어서, 2음절로 된 부분이 여러 군데 보이고, 종장의 첫 구(句)도 2음절인 것이 있으며, 5음절·6음절 또는 7음절로 이루어진 것도 있다.

이 시조의 내용은 반정의 주역들을 위로하는 것, 이귀가 말이 되어 노닐다가 왕손을 만난 것, 이귀의 덕을 찬양한 것, 시대가 요순 시대와 같음을 노래한 것 등으로 구성되어 있다.

◆ 짐승의 효도와 인간의 효도의 차이

제자인 자유(子游)가 효에 대해 묻자, 공자는 이렇게 말했다. "요즘의 효자란 부모를 잘 봉양하는 사람을 가리켜 말한다. 그러나 개나 말도 봉양을 하는 것이 있다. (부모님에 대한) 공경이 없다면 무엇이 다르겠는가?"

물질적인 봉양은 개나 말 같은 짐승도 할 수 있다고 하면서, 물질적인 봉양만으로 효도를 다했다고 여기던 당시의 세태에 대해 비판한 공자의 말이다. 진정한 효도란 물질적인 봉양을 뛰어넘어 진심으로 공경하는 마음이 있어야 한다는 뜻이다.

◆ 지은이의 다른 작품으로 아래 시조가 있다.

평생에 慷慨(강개)만 품고 천하를 다 돌면서
굶으락 먹으락 이러가며 저러가며 주아에 헵뜨다가
天運(천운)이 불행하여 朝鮮國家(조선국가)도 역유불행이로다
……(중략)……

애고 서룬지고 이내 뜻 어데 두리

내 나히 졂었으면

龍泉劒(용천검) 莫耶劒(막야검) 匕首劒(비수검)을 둘러메고

秋風落葉(추풍낙엽) 나쬐 그리매 같은

세상의 紛紜(분운) 아해들을 身始輕(신시경)아

내 몸이 일장검 둘러쳐 다 베혀 바리고서

豆滿江(두만강) 말을 씻겨 長白山(장백산)에 기를 박고

살배만 痛飮(통음)하고 舞龍泉(무용천)을 아니하랴

……(중략)……

沈沈夜夜(침침야야)에 長短歌(장단가)만 벗을 삼고

장탄식 장탄식 痛歌(통가)만 하내다

[출전: 『청계망사공유사가사』 「위군위친통곡가(爲君爲親痛哭歌)」(발췌)]

한자 익히기

敎(교) : 가르침, 교령(敎令), 종교, 가르치다, 본받다

化(화) : 되다, 교화하다, 따르다, 달라지다, 죽다

厭(염) : 싫어하다, 물리다, 가리다

소자달아 소자달아

정광천(鄭光天)

小子(소자)달아 小子달아 養老(양노)홀 일 힘셔 ᄒ라
老親(노친)이나 保存(보존)ᄒ여 恢復(회복)을 보렷노라
닉에 君保全(군보전)ᄒ면 무슨 근심 하이요

[출전 :『낙애실기(洛涯實記)』「병중술회가(病中述懷歌)」]

어휘 풀이

힘셔 ᄒ라 : 힘써 하여라
보렷노라 : 보려 하였는가
닉에 : 내가
하이요 : '하리오'의 오기(誤記). 많겠는가

작품 해설

이 시조는 「병중술회가」 6수 중 마지막 연으로, 부모를 제대로 돌보지 못하는 자신의 처지를 한탄하며 읊은 작품이다. 현대어로 풀이하면 다음과 같다.

아이들아 아이들아 노인 봉양하는 일을 힘써 하여라.
늙은 어버이를 보호하여 회복을 보려 했는가!
내가 어버이를 보전할 수 있다면 어찌 근심이 많겠느냐!

지은이는 임진왜란의 와중에서 병든 아버지를 곁에 모시고 있는 자신의 슬픈 심정을 표현하였다. 아버지가 곧 세상을 떠날 정도로 위중한 병에 걸렸지만, 전란으로 인한 어려운 환경 때문에 제대로 모시지 못하는 지은이의 절망감이 잘 드러나 있다. 이 시조는 임진왜란으로 국토를 유린당한 슬픈 현실과 노인을 봉양해야 하는 어려운 처지에서 느끼는 심정을 표현한 작품이다.

지은이 소개

정광천(鄭光天, 1553~1594년)은 본관이 동래(東萊)이며, 자는 자회(子晦), 호는 낙애(洛涯)·송파(松坡) 등이다.

그의 아버지는 임하(林下) 정사철(鄭師哲)이다. 한강(寒岡) 정구(鄭逑)의 문하에서 배웠고, 『소학』을 자신을 다스리는 요체로 삼았다. 평소에 부모를 잘 봉양하였고, 세상을 떠나자 무덤 옆에 초가움막을 짓고 삼년상을 치렀다. 임진왜란이 일어나자 의병을 일으켜 경남 창녕의 화왕산성에서 교전 중이던 곽재우를 도와 전공을 세웠다. 하지만 전세가 기울자 '심산에 들어가서', '고산에 은둔하여', '즐기면서 근심을 잊고자[낙이망우]' 하는 현실 도피적인 성향을 보이기도 하였다. 그는 이 시조를 지은 지 얼마 지나지 않아, 임진왜란이 끝나기 전에 역병에 걸려 세상을 떠났다고 한다. 저서로는 『낙애문집(洛涯文集)』이 있다.

더 알아보기

◆ 「병중술회가」의 다른 연들은 다음과 같다.

(1) 하느님아 하느님아 비는 뜻 아옵쇼서

唯一老人(유일노인)을 救濟救濟(구제구제) ᄒᆞ옵쇼서

언저긔 老人을 뫼시고 樂天終老(낙천종노) ᄒᆞ오려닛고

풀이

하느님이시여 하느님이시여 비는 뜻을 아옵소서

한 분밖에 없는 노인을 구해주십시오, 구해주십시오.

언제나 늙은 아버지 모시고 세상을 즐기며 여생을 마칠 수 있겠습니
까?

해설

늙은 아버지를 구해달라는 간절한 뜻을, 하느님을 반복하여 부르면
서 기도하고 있는데, 병든 아버지를 모시고 피난살이 하는 서글프고
애처로운 상황이 눈에 보이듯 선명하게 드러나 있다.

(2) 養親(양친)을 ᄒᆞ렷더이 時變(시변)이 이려ᄒᆞ다

慮外(여외) 病患(병환)은 엇지 봇치나이다

다만 혼자 밋줍는 뜻슨 彼蒼春天(피창춘천)을 밋나이다

[출전 : 『낙애실기』 「병중술회가」]

풀이

어버이 봉양하려 하였더니 세상의 변고가 이러하다.

뜻하지 않은 병환은 어째서 보채는가?

다만 혼자 믿고자 하는 뜻은 저 푸른 봄하늘을 믿나이다.

흐렷더이 : 하였더니

여외 병환(慮外 病患) : 뜻밖의 병환

봇치나이다 : 보채는가

밋줍는 : 믿고자 하는

한자 익히기

君(군) : 임금, 남편, 영주, 부모, 어진 이, 현자, 조상의 경칭, 그대, 자네

保(보) : 지키다, 보호하다, 보존하다, 돕다

恢(회) : 넓다, 크다, 갖추다, 돌이키다

復(복, 부) : 거듭하다, 회복하다, 돌아가다, 갚다, 다시(부), 거듭(부)

唯(유) : 오직, 다만, 비록 ~하더라도, 때문에

人(인) : 사람, 남, 남자, 어른, 백성(百姓)

救(구) : 도움, 구원, 구원하다, 치료하다, 막다

濟(제) : 건너다, 돕다, 구제하다

樂(락, 악, 요) : 즐기다, 즐거워하다, 편안하다, 풍년(豐年), 즐거움, 노래, 음악(악),
  아뢰다, 연주(演奏)하다(악), 좋아하다, 바라다(요)

부모 공덕 알냐거든

이세보(李世輔)

父母(부모) 功德(공덕) 알냐거든 昏定晨省(혼정신성) 일를 삼고
遊必有方(유필유방) 行實(행실) 닥거 不孝(불효) 두 ㅈ 면하리라
아마도 養子方知父母恩(양자방지부모은)인가

[출전 : 『선조영언(先祖永言)』「송호유고부록(松湖遺稿附錄)」]

어휘 풀이

昏定晨省(혼정신성) : 저녁에는 부모의 잠자리를 살피고, 새벽에는 부모의 안부
를 여쭘『예기(禮記)』「곡례(曲禮)」]
遊必有方(유필유방) : 먼 곳에 놀러갈 때는 반드시 자기의 행방을 부모에게 알려
야 함『논어』「이인(里仁)」]
養子方知父母恩(양자방지부모은) : 자식을 길러봐야 비로소 부모의 은혜를 알 수
있음『전등록(傳燈錄)』]

작품 해설

효도의 기본을 실천함과 더불어 부모님의 심정을 이해해야 한다고 권
계하는 시조이다. 현대어로 풀이하면 다음과 같다.

부모의 공덕을 안다면 아침저녁으로 부모님을 늘 보살피고,
먼 곳으로 놀러갈 때는 반드시 아뢰는 행실을 닦으면 불효를 면할
것이니,

아마도 자식을 길러봐야 비로소 부모의 은혜를 알 수 있을까 하노라.

　전체 내용을 보면, 불효를 면하려면 '새벽과 저녁에 부모를 모시고' '자기의 행선지를 알려드리는 것' 등과 같은 기본적인 것들도 지켜야 하지만, 이러한 소극적인 방법 외에 진정으로 부모의 마음을 이해하는 것이 중요하다고 강조하고 있다.

　지은이는 철종 때부터 고종 때에 걸쳐 활동하였다. 그는 안동김씨의 세도정치에 희생되어 전라남도 강진의 신지도에 유배되었다. 그때 5년에 걸쳐 422편의 많은 시조 작품을 남겼다. 그 작품들은 『풍아(風雅) 대(大)』(1862년)에 수록되어 있는데, 이 시조는 그 작품들 가운데 한 수이다.

지은이 소개

　이세보(李世輔, 1832~1895년)는 조선 후기의 문신이자 왕족으로, 본관은 전주(全州)이고, 자는 좌보(左甫)이며, 작호는 경평군(慶平君)이다. 나중에 이름을 호(皓)로 바꾸었으며, 이어서 다시 인응(寅應)으로 개명하였다.

　세도정치의 폐단을 철종에게 고발하는 등 정의로운 정치와 사회를 위해 힘쓴 면면도 보인다. 형조·병조·공조 참판과 한성부판윤·공조판서·판의금부사 등의 관직들을 두루 거쳤다.

　그는 많은 시조 작품을 남겼는데, 당시 지방 수령 등의 폐단을 지적한 현실 비판 시조, 유배 생활을 담은 시조, 남녀의 애정을 다룬 시조 등 463수가 『風雅(풍아)』·『詩歌(시가)』 등의 시조집들에 수록되어 있다.

더 알아보기

◆ 『명심보감(明心寶鑑)』「효행편(孝行篇)」

이 시조의 종장인 "아마도 養子方知父母恩(양자방지부모은)인가"라는 구절은, 『명심보감』「효행편」에 있는 한 구절과 연관이 있는 듯하다. 즉 태공(太公)이 말하기를, "어버이에게 효도하면 자식도 또한 효도하나니, 이 몸이 이미 효도하지 못하였으면 자식이 어찌 효도하리오."라고 한 내용과 상통한다.

◆ 이 시조와 관련이 있는 속담으로는, "자식을 길러봐야 부모 사랑을 안다."라는 말이 있다. 즉 자신이 직접 자식을 낳아서 길러봐야 부모가 자식에게 기울이는 사랑과 정성이 어떠한지 알게 된다는 뜻으로, '자식이 그 끝을 다 알 수 없을 만큼 부모의 사랑은 깊고 두터움'을 표현한 말이다.

또 다른 속담으로 "효자는 부모가 만들고, 효부도 부모가 만든다."라는 말이 있는데, 이는 부모가 효행의 모범을 보여야 자식들도 본받는다는 뜻을 담고 있다.

한자 익히기

功(공) : 공, 공로, 일, 업적, 공부, 공치사하다
昏(혼) : 어둡다, 저물다, 요절하다, 장가들다, 어리석다
定(정) : 이마, 별 이름, 반드시, 정하다, 바로잡다, 다스리다
晨(신) : 새벽, 진시(辰時), 별 이름, 새벽을 알리다
省(성, 생) : 관청, 마을, 대궐, 살피다, 깨닫다, 명심하다, 덜다(생)
遊(유) : 놀다, 즐기다, 떠돌다, 유람하다, 사귀다, 유세하다
必(필) : 반드시, 꼭, 오로지, 기필하다, 이루어내다

有(유) : 소유, 있다, 존재하다, 소지하다, 넉넉하다

方(방) : 모, 방위, 나라, 처방, 규정

行(행) : 다니다, 행하다, 쓰이다, 유행하다

知(지) : 알다, 알게 하다, 나타내다, 맡다

우회(又懷)

김충선(金忠善)

禮儀(예의) 文物(문물) 탐을 늬여 至親骨肉(지친골육) 다 바리고
萬里(만리) 殊邦(수방)의 위로이 쩐져 이셔
이 늬 平生(평생)의 부모 墳山(분산)을 다시 볼 길리 어서 글노 설허ᄒ
노라

[출전 : 『모하당실기(慕夏堂實記)』]

어휘 풀이

萬里(만리) 殊邦(수방) : 만 리나 떨어진 다른 나라
위로이 : 외로이
쩐져 이셔 : 떨어져 있어
墳山(분산) : 분묘(묏자리)가 있는 산
길리 : 길이, 방도가
설허 : 설워

작품 해설

　이 시조는, 원래 일본인이었으나 조선에 귀화한 지은이가 이역만리 타국 땅에 떨어져 있어, 돌아가신 부모의 묘소조차 다시 볼 수 없는 자신의 처지를 한탄하며 읊은 작품이다. 현대어로 풀이하면 다음과 같다.

　　예의와 문물을 탐내어 가족과 친지 다 버리고

머나먼 타국 땅에 외로이 떨어져 있어

내 평생에 부모 묘소를 다시 볼 길이 없으니, 그 때문에 서러워하노라.

지은이는 당시 조선의 선진적인 문화에 감명 받아 가족과 고향을 버리고 귀화했지만, 역설적으로 선진 문화의 가장 기본인 부모에 대한 효를 실천할 수 없음을 한탄하고 있다.

지은이는 임진왜란 때 일본의 장수로 참전했다가, 당시 조선의 문화에 매료되어 귀화하였다. 이 때문에 고향의 부모 묘소를 돌보지 못하는 안타까운 심정이 작품 속에서 절절히 묻어난다.

지은이 소개

김충선(金忠善, 1571~1642년)은 자가 선지(善之)이고, 호는 모하당(慕夏堂)이다. 원래의 일본 이름은 사야가(沙也可)로, 임진왜란 때 가토 기요마사(加藤清正)의 좌선봉장으로 조선을 침략했으나, 조선의 문물이 뛰어남을 보고 흠모하여 귀순하였다. 그 후 여러 차례 큰 공을 세워, 김해김씨의 성과 충선이라는 이름을 하사받았다.

정유재란·이괄의 난·병자호란 때도 전공을 세웠다. 병자호란의 화의(和議)가 성립되자, 통곡하며 대구로 돌아가 우록동(지금의 대구광역시 달성군 가창면)에서 가훈·향약 등을 마련하여 향리의 교화에 힘썼다. 문집인 『모하당실기(慕夏堂實記)』에 시조 6수가 수록되어 있다.

더 알아보기

지은이의 다른 시조로는 아래 작품도 있다.

비노질 ᄒᆞᆫ는 님 밋고 石上(석상)에 梧桐(오동) 심거

닢닢히 넸여 ᄂᆡ여 月下酒(월하주) 비져 두고

님 나코 날 나흔 父母(부모)긔 恩惠酒(은혜주)을 알외리라

[출전 : 『모하당실기』]

풀이

바느질하는 님 믿고 석상에 오동나무 심어

한 잎 두 잎 떼어 내어 월하주 빚어두고

님 낳고 날 낳은 부모님께 은혜주를 아뢰리라.

한자 익히기

禮(례, 예) : 예절, 인사, 의식, 예우하다, 공경하다, 절하다

儀(의) : 거동, 법도, 본보기, 예절, 본받다, 헤아리다

骨(골) : 뼈, 골격, 기골, 사물의 중추

肉(육) : 고기, 살, 몸, 혈연

殊(수) : 다르다, 뛰어나다, 결심하다, 끊어지다, 특히, 유달리

邦(방) : 나라, 제후의 봉토(封土), 제후를 봉하다

墳(분) : 무덤, 언덕, 둑

石(석) : 돌, 섬(10말), 돌바늘, 숫돌, 돌로 만든 악기, 녹봉

梧(오) : 오동나무, 책상(冊床), 기둥, 거문고

桐(동) : 오동나무, 거문고

月(월) : 달, 세월, 한 달, 다달이, 달마다

酒(주) : 술, 잔치, 술자리

세월이 여류ᄒᆞ니

김진태(金振泰)

歲月(세월)이 如流(여류)ᄒᆞ니 白髮(백발)이 절로 난다
쏩고 쏘 쏩아 졈고져 ᄒᆞ는 쯧은
北堂(북당)에 在親(재친)ᄒᆞ니 그를 두려ᄒᆞ노라

[출전 : 『청구가요(靑丘歌謠)』]

어휘 풀이

如流(여류)ᄒᆞ니 : 흐르는 물과 같으니

절로 : 저절로

졈고져 : 젊고자

北堂(북당) : 어머니가 거처하는 방

在親(재친) : 어버이가 살아 있음

작품 해설

　세월이 흐름에 따라 자신도 늙어가는 것을 안타까워하는 것은 아직 어머니가 살아 계시기 때문이라고 한 데에서, 여전히 어머니를 염려하는 애틋한 심정이 잘 드러나 있는 작품이다. 현대어로 풀이하면 다음과 같다.

　세월이 흐르는 물 같으니 백발이 절로 난다.
　뽑고 또 뽑아 젊어지고자 하는 뜻은
　북당에 어머니가 계시니 그것을 두려워하기 때문이다.

초장에서 세월이 물 흐르듯 빠르게 흘러감에 따라 자신의 머리에도 백발이 늘어간다는 것을 말하고, 중장에서 그 백발을 뽑고 또 뽑아 젊어지려고 하는 의도를 언급하며, 종장에서 살아 계신 늙은 부모가 아들의 백발을 보고 슬퍼하실까 두렵기 때문이라는 이유를 제시하고 있다.

지은이 소개

김진태(金振泰, 생몰년 미상)는 조선 숙종·영조 때의 가인(歌人)으로, 자는 군헌(君獻)이다. 『악학습령(樂學拾零)』에는 관직이 서리(胥吏)로 기록되어 있다.

김수장은 『청구가요(靑丘歌謠)』에서, "군헌의 작품은 뜻이 뛰어나고 향운(響韻)이 매우 맑아 시속에 물들지 않았다. 지형이 험한 무협(巫峽)처럼 쓸쓸함과 울창함이 있고, 기이한 말과 아름다운 표현은 봉래산과 영주산에 사는 신선들의 말과 같다."라고 평하였다.

『청구가요』에 「입춘가(立春歌)」·「진선가(眞仙歌)」 등 26수의 시조가 수록되어 있다.

더 알아보기

지은이의 다른 시조로 아래 작품이 있다.

가느이다 가느이다 小臣(소신) 도라 가느이다
忠臣(충신)도 ᄒᆞ려니와 養親(양친)인들 마오릿가
구틔여 오라 ᄒᆞ시면 다시 도라 오오리다

[출전 : 『해동가요』 박씨본(朴氏本)]

가나이다 가나이다 저는 돌아가나이다.

충신도 할 수 있는데 부모를 모시는 일인들 못하겠습니까?

구태여 돌아오라 하시면 다시 돌아오겠습니다.

한자 익히기

如(여) : 같다, 비슷하다, 미치다, 좇다, 따르다, 어찌, 가령, 만일

流(류, 유) : 흐름, 갈래, 분파, 흐르다, 번져 퍼지다, 떠돌다, 흐르게 하다, 흘리다,
　　　귀양 보내다

堂(당) : 집, 사랑채, 마루, 남의 어머니

臣(신) : 신하, 백성, 하인, 포로, 신하답다

忠(충) : 충성, 공평, 정성, 치우치지 않고 공평하다, 정성스럽다, 충성하다

시하 쩍 져근 고을

신헌조(申獻朝)

侍下(시하) 쩍 져근 고을 專城奉養(전성봉양) 不足(부족)더니
오늘날 一道方伯(일도방백) 나 혼자 누리는고
三時(삼시)로 食前方丈(식전방장)에 목 미치여 ᄒ로라

[출전 : 『봉래악부(蓬萊樂府)』]

어휘 풀이

專城奉養(전성봉양) : 지방관으로서의 부모를 모시는 일. 專城(전성)은 작은 고
　　을의 수령을 뜻함
一道方伯(일도방백) : 한 도의 관찰사
누리는고 : 누리는가
三時(삼시) : 하루의 세 때, 세 끼니
食前方丈(식전방장) : 식사하기 전에 앞에 놓인 사방 한 장(丈) 크기의 네모난 상
목 미치여 ᄒ로라 : 목이 메어 하노라

작품 해설

　이 작품은 사무치는 부모님의 은혜를 읊은 시조이다. 현대어로 풀이하
면 다음과 같다.

　　부모님을 모시고 있을 때 작은 고을에서 성심으로 부모님을 봉양함
　　이 부족하더니,

오늘날은 한 도의 관찰사가 되어 나 혼자 누리는구나.

하루 세 때 큰 상에 차려진 호사스러운 음식이 앞에 있으니, 부모님
　　생각에 목이 메는구나.

　이 작품에는 부모가 세상을 떠나기 전에 충분히 효도와 봉양을 하지
못한 것을 안타까워하는 지은이의 심경이 드러나 있다. 초장에서는 작은
고을의 지방관으로 근무할 적에 부모님을 모셨지만, 효양이 부족했음을
회상하는 내용으로 시작하여, 중장에서는 강원도의 방백이 되었으나 그
영화를 혼자서만 누리는 상황을 대비시키고 있다. 종장에서는 사방 한 장
길이의 큰 상에 잘 차려진 음식을 매일 세 끼씩 받고 보니, 밥을 먹기 전
에 부모님 생각에 목이 메는 화자의 절실한 심정으로 마무리하고 있다.

　지은이 신헌조의 아버지인 신응현(申應顯)은 영조·정조 시대에 활동했
던 인물이다. 신헌조가 관찰사로 재직하던 1803년(순조 3년)에 아버지가 '충
헌공'이란 시호를 하사받았다. 이때 아버지를 그리며 시를 짓고, 「가장(家
狀)」도 지었는데, 위 작품도 이 시기에 지어진 것으로 추정된다.

지은이 소개

　신헌조(申獻朝, 1752~1807년)는 영·정조 때의 인물이다. 본관은 평산이며,
신응현의 아들이다. 1789년에 알성시 갑과에 응시하여 장원으로 급제하였
다. 대표적인 저서로는 『蓬萊樂府(봉래악부)』가 있는데, 그의 시조 25수만
이 수록되어 있고, 이 중 10수는 그의 아들인 신효선(申孝善)에 의해 한역
되었다.

◆ 위 작품의 한역(漢譯)은 다음과 같다.

侍下曾叨小邑時(시하증도소읍시)　專城不足養親時(전성부족양친시)

方面今來吾獨享(방면금래오독향)　滿盤哽咽對三時(만반경인대삼시)

◆ 지은이의 다른 시조로는 아래 작품이 있다.

수풀에 가마귀를 아히야 뭊지 마라

反哺孝養(반포효양)은 微物(미물)도 ᄒᆞᄂᆞᆫ고나

날 ᄀᆞᄐᆞᆫ 孤露餘生(고로여생)이 져를 블워ᄒᆞ노라

풀이

수풀의 까마귀를 아이야 쫓지 마라

먹이를 물어다 주어 효성으로 봉양하는 것은 까마귀 같은 새도 하
　　는구나!

나와 같이 어려서 부모를 잃은 사람이 저것을 부러워하노라.

한역

林鳥勿逐敎羣兒(임조물축교군아)　微物亦知孝養慈(미물역지효양자)

如我殘年孤露後(여아잔년고로후)　羨渠反哺不勝悲(선거반포불승비)

이 작품은, 어린 나이에 부모를 잃어 효도를 하려 해도 하지 못하는 안
타까운 심정을 까마귀에 빗대어 표현한 시조이다.

한자 익히기

專(전) : 오로지, 마음대로, 사사로이, 전일하다, 마음대로 하다

城(성) : 재, 성, 도읍, 나라, 구축하다, 성을 쌓다, 지키다

奉(봉) : 받들다, 바치다, 제사지내다, 기르다, 돕다

伯(백) : 맏, 첫, 남편, 큰아버지, 백작

時(시) : 때, 계절, 시한, 당시, 때마다, 시세, 때를 맞추다

食(식, 사) : 밥, 음식, 생계, 먹다, 먹이다, 먹이, 밥(사), 기르다(사), 먹이다(사)

前(전) : 앞, 먼저, 앞날, 사전에, 앞서다, 나아가다, 인도하다

丈(장) : 어른, 장자, 남자 노인, 남편, 장인, 장모, 열 자

微(미) : 작다, 정교하다, 꼼꼼하다, 적다, 없다, 어렴풋하다, 어둡다

物(물) : 물건, 사물, 일, 재물

孤(고) : 외롭다, 떨어지다, 불쌍히 여겨 돌보다, 고아

露(로, 노) : 이슬, 진액, 좋은 술, 허무함, 러시아, 드러나다, 나타나다

餘(여) : 남다, 남기다, 나머지, 나머지 시간, 여분

천지간 지락사는

백경현(白景炫)

天地間(천지간) 至樂事(지락사)는 老萊子(노래자)의 悅親(열친)이라
班衣(반의)로 춤을 추어 늙도록 어린쳐는
百歲後(백세후) 다시 못혼 일은 이쑌인가 호노라

[출전 : 『동가선(東歌選)』]

어휘 풀이

至樂事(지락사) : 가장 즐거운 일
老萊子(노래자)의 悅親(열친) : 노래자가 부모를 기쁘게 한 일
班衣(반의) : 색동옷
百歲後(백세후) : 백 년 후, 오랜 세월이 지난 후

작품 해설

　이 작품은 춘추 시대 초나라의 효자인 노래자의 효성을 극찬하면서 부
모의 은혜를 기리는 내용이다. 현대어로 풀이하면 다음과 같다.

　　하늘 아래 가장 즐거운 일은 노래자가 부모를 기쁘게 한 일이라네.
　　색동옷 입고 춤을 추어 늙었을 때에도 어린 체한 것은,
　　오래도록 세월이 지나 다시 못하는 일은 이뿐인가 하노라.

　지은이는 이 시조에서, 노래자의 지극한 효성을 예로 들어, 부모가 세

상을 떠난 다음에 후회하지 않도록, 생전에 온갖 정성을 다해 효도해야
한다는 것을 강조하고 있다.

지은이 소개

　백경현(白景炫, 생몰년 미상)은 조선 순조(1790~1834년) 때의 사람으로, 자
는 시회(時晦)이고, 호는 오제(悟齋)이다. 그의 행적에 관해서는 자세히 전해
지는 내용이 없다.

　시조집 『동가선(東歌選)』의 편자(編者)라는 설이 있으나 확실하지는 않
다. 『동가선』에 시조 한 수가 수록되어 전해진다.

더 알아보기

◆ 위 작품과 유사한 다른 시조로는 작자 미상의 아래 작품이 있다.

　　누고서 大醉(대취)흔 後(후)면 온갖 시름 다 닛는다 턴고
　　望美人於天一方(망미인어천일방)흘 제면 百盞(백잔)을 머거도 寸功(촌
　　　공)이 전혀 업니
　　ᄒ믈며 白髮(백발) 倚門望(의문망)을 더옥 슬허ᄒ노라

[출전 : 『청구영언(靑丘永言)』]

풀이

　누가 술에 크게 취한 후면 온갖 걱정 다 잊는다 했던가.
　하늘 한쪽 끝에서 나라님을 생각하며 백 잔 술을 마셔도 효과가 전
　　혀 없는데,
　하물며 백발의 늙은 어머니가 문에 기대어 아들이 돌아오기만을 기

다리고 계심을 더욱 슬퍼하노라.

◆ 노래자(老萊子)

춘추 시대 말기의 초(楚)나라 사람이다. 도가(道家) 계열의 은자(隱者)로,
공자(孔子)와 같은 시대에 활동한 인물이다. 어지러운 세상을 피하여 산기
슭에서 농사를 짓고 살면서, 초나라 왕의 부름에도 응하지 않고 은둔했지
만, 여러 사람들이 그를 찾아 모여들었다고 한다. 그가 노자(老子)라는 설
도 있다.

늙은 부모를 즐겁게 해드리려고 일흔 살에도 어린아이가 입는 색동옷
을 입고 재롱을 부렸다는 일화로 유명하다. 이것을 채의희(彩衣戲)나 영아
희(嬰兒戲) 또는 노래희(老萊戲)라고도 부른다. 중국 역사에서 24효자(孝
子) 가운데 한 사람이다.

한자 풀이

事(사) : 일, 직업, 재능, 관직, 벼슬, 부리다, 일삼다, 전념하다

悅(열) : 기쁘다, 기쁘게 하다

班(반) : 나누다, 이별하다, 벌려 서다, 차례, 자리, 줄

衣(의) : 옷, 웃옷, 깃털, 옷자락, 입다, 덮다, 실천하다

醉(취) : 취하다, 술에 담그다, 빠지다, 탐닉하다

望(망) : 바라다, 기대하다, 희망하다, 바라보다, 엿보다, 원망하다, 보름, 전망, 희
망

美(미) : 아름답다, 맛있다, 좋다, 아름다움, 좋은 일, 미국

於(어) : 어조사(~에, ~에서), 기대다, 따르다, 탄식하다(오), 아아(감탄사)(오)

倚(의) : 의지하다, 기대다, 맡기다, 말미암다

門(문) : 문, 집안, 동문(同門), 방도, 과목, 요령

부모ㅣ 생아ᄒ시니

허강(許橿)

父母(부모)ㅣ 生我(생아)ᄒ시니 續莫大焉(속막대언)이어니
撻之流血(달지유혈)인들 疾怨(질원)을 ᄎ마 홀가
生我(생아)코 鞠我(국아)ᄒ신 恩惠(은혜)를 몯내 가파 ᄒ노라

[출전 : 『선조영언(先祖永言)』『송호유고부록(松湖遺稿附錄)』]

어휘 풀이

續莫大焉(속막대언) : 물려준 것이 이보다 큰 것이 없다. 『예기(禮記)』의 "부모가
　　나를 낳으셨으니 물려준 것이 이보다 큰 것이 없다[父母生之 續莫大焉]."에서
　　따온 말이다.
撻之流血(달지유혈) : 매를 때려 피가 흐름
疾怨(질원) : 미워하고 원망함
鞠我(국아) : '나를 길러주었다'는 뜻

작품 해설

　부모님의 은혜에 보답하지 못하는 회한을 읊은 시조이다. 현대어로 풀
이하면 다음과 같다.

　　부모님이 날 낳으시니 이보다 더 큰 베풂이 없으니,
　　피가 흐르도록 맞은들 미워하거나 원망을 차마 할 수 있을까?
　　낳으시고 기르신 은혜를 끝내 갚을 수 없구나.

이 작품의 첫 연에서 초·중장은 『예기』의 말을 옮겨 쓴 것이다. 부모가 자신을 낳아주었으니 이보다 더 큰 은혜가 없거늘, 매로 때려 피를 흘린들 미워하고 원망을 할 수 있겠느냐고 반문한다. 학문을 하던 선비가 읽던 경전의 한 구절을 그대로 옮긴 것이다. 종장에서는 낳아주고 길러준 부모의 은혜를 못 갚을까봐 조바심하는 자식의 심정을 표현하였다. 그는 아버지를 따라 사행(使行) 길과 유배 길도 함께했는데, 그런 효심을 지녔기에 이런 시조를 지었을 것이다.

이 시조는 인생의 대부분을 유랑생활로 보낸 지은이의 작품이다. 한문투에 토씨만을 달아 놓은 형태로, 대부분 유교 경전의 내용을 직접 인용하여 창작성은 다소 떨어지는 느낌이다. 하지만 교훈적인 의미의 전달력은 좋아, 당시 식자층에게는 감화 효과가 있었을 것으로 보인다.

지은이 소개

허강(許橿, 1520~1592년)은 조선 중기의 학자로, 자는 사아(士牙)이고, 호는 송호(松湖) 또는 강호거사(江湖居士)이며, 본관은 양천(陽川)이다. 미수(眉叟) 허목(許穆)의 할아버지다.

아버지인 허자(許磁)가 을사사화 때 이기의 모함으로 홍원에 유배되는 것을 보고 벼슬을 단념하였다. 아버지가 유배지에서 죽자, 매우 슬퍼하며 무덤 옆에 움막을 짓고 죽을 먹으면서 삼년상을 치렀다. 그 효행으로 전감사별제(典監司別提)라는 관직이 주어졌지만 받지 않았고, 40년간 방랑생활을 하다가 임진왜란 때 토산(兎山)에서 피난하던 중 죽었다.

그는 아버지가 『역대사감(歷代史鑑)』을 편찬하던 중 세상을 떠나자, 이를 이어받아 완성하였다. 저서로는 『송호유고』가 있으며, 시조 7수와 가사

「서호사(西湖詞)」(일명 「서호별곡」)는 양사언의 친필 사본 첩책(牒責)에도 수록되어 있다.

더 알아보기

지은이의 다른 시조로는 아래 작품이 있다.

  뫼흔 노프나 놉고 믈은 기나 기다

  놉흔 뫼 긴 믈에 갈 길도 그지업다

  님 그려 저즌 ᄉᆞ매는 어니 저긔 ᄆᆞ를고

풀이

산은 높디 높고 강은 길고 길다.

높은 산과 긴 강에 갈 길조차 끝이 없구나.

님을 그리워하며 젖은 소매는 언제나 마를까!

한자 익히기

續(속) : 잇다, 계속하다, 이어지다, 보태다, 계승하다, 계속

莫(막) : 없다, 말다, 불가하다, 아득하다, 장막. 저물다, 어둡다(모)

撻(달) : 때리다, 매질하다, 종아리 치다, 빠르다

流(류) : 흐르다

血(혈) : 피

疾(질) : 질병, 괴로움, 흠, 높은 소리, 빨리, 병에 걸리다, 괴롭다

怨(원) : 원수, 원한, 원망, 원망하다, 고깝게 여기다, 미워하다

鞠(국) : 공, 국화, 가난하고 어렵다, 국문하다, 기르다, 사랑하다

아불효친하니

안민영(安玟英)

我不孝親(아불효친)하니 子焉孝我(자언효아) 하랴마는
人情(인정)이 제 글너서 子不孝我(자불효아)를 셔러하네
이 後(후)는 子不孝我를 셔러 말고 我不孝親 뉘우칠져

[출전 : 『금옥총부(金玉叢部)』]

어휘 풀이

我不孝親(아불효친) : 내가 어버이에게 효도하지 않음

子焉孝我(자언효아) : 자식이 어찌 나에게 효도하겠는가

人情(인정) : 인품

제 : 제대로

글너서 : 글러서, 모자라서

子不孝我(자불효아) : 자식이 나에게 효도하지 않음

셔러하네 : 서러워하네

뉘우칠져 : 뉘우쳐야 한다

작품 해설

　이 작품은 자식으로서의 자신이 먼저 부모에게 효의 모범을 보여야 자기 자식도 효도한다는 이치를 밝힘으로써, 솔선하여 효도하도록 권유하는 내용을 담은 시조이다. 현대어로 풀이하면 다음과 같다.

내가 어버이에게 효도하지 않으면 어찌 자식이 나에게 효도하겠는
가.
인품이 모자라서 자식이 나에게 효도하지 않음을 서러워하네.
이제부터는 자식이 나에게 효도하지 않음을 서러워하지 말고, 내가
어버이에게 효도하지 않음을 뉘우치세.

문장을 얼핏 보면 한문투의 문장에 토씨만 달아 놓은 듯하다. 그런데
가만히 살펴보면, 실제 사용된 한자의 수가 그리 많지 않다. 모두 6자의
한자('人情'과 '後'는 소리로 들으면 그대로 알 수 있으므로 포함시키지 않는다.)를
조합해가면서 구절을 만들어, 반복적이면서 점진적으로 변화를 줌으로써,
시조를 통해 의미가 전달될 수 있도록 하였다.

홍선대원군이 지은이인 안민영에게 호를 직접 지어줄 정도로 둘은 가
까운 사이였다. 그리하여 안민영은 운현궁을 자주 드나들었음은 물론, 지
방의 감영과 연회 자리를 찾아다니면서 시조를 읊고 가야금을 연주하여
그 지역의 명창들과 교류하였다. 또 전국을 다니면서 시조를 수집하고 창
작하는 등, 조선 말기에 시조가 융성하고 여러 가집들이 출간되던 시대적
분위기 하에서 지은 작품이다.

지은이 소개

안민영(安玟英, 1816~미상)은 조선 후기의 가객(歌客)으로, 자는 형보(荊寶)
또는 성무(聖武)이고, 호는 주옹(周翁) 또는 구포동인(口圃東人)이다. 구포동
인이라는 호는 홍선대원군이 그의 집 후원에 '口'자 모양의 밭이 있었기
때문에 지어주었다고 전해진다.

그가 언제 죽었는지에 대한 기록은 없으나, 그의 시조집인 『금옥총부(金玉叢部)』에 70세 때인 1885년에 지은 작품이 있는 것으로 보아, 그 이후까지 활동한 것으로 추정된다.

『금옥총부』에는 그가 지은 시조 181수가, 가곡창의 곡조별로 분류하여 수록되어 있다.

더 알아보기

이 시조를 연상시키는 속담으로, "부모가 온 효자가 되어야 자식이 반 효자 된다."라는 말이 있다. 즉 내가 부모에게 성심을 다해서 효도를 하더라도, 그것을 보고 자란 내 자식은 그것의 반 정도밖에 못한다는 뜻으로, 자식에게 효도를 받고 싶으면, 자신부터 부모를 공경하고 효도를 하라는 말이다.

또 다른 속담으로 "부모가 착해야 효자 난다."라는 말이 있는데, 즉 부모가 착해야 아들도 부모를 따라 착한 사람이 된다는 뜻으로, '아들딸에 대한 교육에서 부모가 먼저 솔선하여 모범을 보이는 것이 중요함'을 교훈적으로 이르는 말이다.

한자 익히기

焉(언) : 어찌, 어떻게
情(정) : 뜻, 사랑, 인정, 본성, 사정, 실상, 상태, 정취, 진심

제2부
'경(敬)'을 노래하다

형제암가(兄弟巖歌)

이종검(李宗儉)

들언 지 오래더니 보안지고 兄弟巖(형제암)아
兄友弟恭(형우제공)ᄒ야 미양 흔 ᄃᆡ 잇다 ᄒᆞᆯᆺᅵ
우리도 너희 부러 兄弟(형제) 흠ᄭᅴ 왓노라

[출전 : 『이씨양현실기(李氏兩賢實記)』]

어휘 풀이

형제암 : 경기도 용인시 남곡에 있는 바위(형제봉)

보안지고 : 보게 되었구나

형우제공(兄友弟恭) : 형은 아우를 사랑하고 아우는 형을 공경함

미양 : 늘, 항상

흔 ᄃᆡ : 한 곳에

부러 : 부러워서

흠ᄭᅴ : 함께

작품 해설

이 시조를 현대어로 풀이하면 다음과 같다.

들은 지는 오래되었는데 보게 되었구나, 형제바위야!
형님은 아우 사랑 아우는 형님 공경하며 늘 같이 있다고 하여
우리도 너희가 부러워 형제가 함께 왔노라.

언제나 함께 있으면서 형은 동생을 사랑하고 동생은 형을 공경한다고 알려진 형제 바위의 소문을 듣고 지은이의 형제가 일부러 이를 찾아왔다는 내용에서, 지은이 형제의 서로에 대한 사랑과 공경을 절절히 느낄 수 있다. 이 시조를 지은 시점에 대해 그다지 알려진 바는 없지만, 아마도 단종 복위 사건 이후 이종검이 벼슬에서 물러난 다음이 아닐까 싶다. 초야에서 형제의 사랑과 공경을 노래하는 지은이의 심경이 엿보인다.

이 시조의 지은이인 이종검이 활동했던 시기는 조선 전기로, 세종 때부터 세조 때에 이르는 기간이었다. 세조는 조카인 단종으로부터 왕위를 빼앗아 임금이 되었다. 그로 인해 단종을 복위시키려는 사육신 사건이 일어났다. 이 사건은 당시 조선 유학자들에게 큰 영향을 주었다. 이 시조는 당시의 역사를 묘사하고 있지는 않지만, 이종검은 그 역사의 한 가운데에 있던 인물이다.

지은이 소개

이종검(李宗儉, 생몰년 미상)은 조선 초기의 문신으로, 본관은 영천(永川)이고, 호는 쌍계(雙溪)이다.

1429년(세종 11년)에 사촌 아우인 이보흠과 함께 급제하여 대사간 등 여러 벼슬을 역임하였다. 그는 효성이 지극하고 아우인 이종겸과 우애가 깊었으므로, 문종이 효우당(孝友堂)이라는 당호를 내려주었다. 세조가 단종을 폐위하고 즉위했을 때 벼슬을 하고 있었지만, 사육신 사건이 일어나 사촌인 유성원과 이보흠이 연루되어 화를 당하자, 자신도 벼슬을 사직하고 할아버지가 낙향해 있던 용인으로 돌아갔다. 그 후 평생 동안 다시는 벼슬을 하지 않았고, 이맹전·김시습 등과 교류하며 지내다가 여생을 마쳤다.

◆ 유사한 주제를 다룬 시조 작품으로는 작자 미상의 다음과 같은 것들이 있다.

(1) 믓노라 저 바회야 네 일흠이 兄弟巖(형제암)가
    兄友弟恭(형우제공)은 우리도 ㅎ려니와
    每日(매일)의 써날 뉘 업스니 그를 부러ᄒ노라.

[출전 : 『근화악부(槿花樂府)』/ 『고금가곡(古今歌曲)』]

풀이

묻노라 저 바위야, 네 이름이 형제암인가.
형은 우애 있고 아우는 공경하는 것은 우리도 하지만
매일 떠날 사이 없으니 그를 부러워하노라.

(2) 兄(형)은 날 사랑ㅎ고 나는 兄(형) 恭敬(공경)ᄒ니
    兄友弟恭(형우제공)이니 이 아니 五倫(오륜)인가
    진실로 同氣之情(동기지정)은 恨(한) 업슨가 ᄒ노라

[출전 : 『악부(樂府)』]

풀이

형은 날 사랑하고 나는 형 공경하니,
형제간에 우애 있음이니, 이것이 오륜이 아니겠는가.
진실로 형제의 정은 끝이 없는가 하노라.

◆ '형우제공(兄友弟恭)'에 대하여

'형우'와 '제공'은 예로부터 다섯 가지 가르침[오교(五敎)]에 속하는 덕목이다. '오교'에 대해 『사기(史記)』「오제본기(五帝本紀)」에는 다음과 같이 기록되어 있다.

"성군이었던 순임금은 여덟 명의 현명한 인재인 팔원(八元)을 등용하여 온 천하에 다섯 가지 가르침을 펼치게 하였는데, 아버지는 의롭고[父義], 어머니는 자애로우며[母慈], 형은 우애롭고[兄友], 동생은 공경하며[弟恭], 자식은 효성스러운 것[子孝]이 바로 그것이었다. 이를 실천하자 온 천하는 평화롭게 잘 다스려졌다."

'형의 우애'와 '동생의 공경'은 가족윤리이지만, 이를 확대해보면 윗사람은 아랫사람을 사랑으로 대하고, 아랫사람은 웃어른을 공경한다는 뜻이 된다.

◆ 이종검과 사육신·생육신

훈민정음을 창제한 세종은 조선 시대의 정치와 문화에서 황금기를 이룩한 위대한 성군이었는데, 그의 아들이었던 문종은 몸이 약해 일찍 세상을 떠나고 만다. 문종은 1452년에 임종하면서 영의정 황보인, 좌의정 남지, 우의정 김종서 등을 불러 열두 살밖에 안 된 어린 세자를 잘 보좌해줄 것을 부탁하였다. 그 세자가 바로 비운의 임금인 단종이다. 단종의 삼촌이었던 수양대군은 호시탐탐 임금의 자리를 노리다가, 결국 김종서·황보인 등을 죽이고 실권을 장악하였다. 그리고 이름뿐인 임금이었던 단종을 폐

위하고 왕위를 찬탈하여 조선의 왕이 되었으니, 그가 바로 세조이다. 이때 세조의 불의한 행위에 의분을 느낀 뜻있는 선비들이 몰래 단종을 복위시키려고 움직였는데, 내부자의 밀고로 거사를 단행하기 직전에 발각되었다. 이를 주도했던 성삼문·박팽년·이개·하위지·유응부·유성원 등 여섯 사람은 결국 형장의 이슬로 사라졌는데, 이들을 일러 '죽음으로 단종을 모신 신하'라 하여 '사육신'이라고 부른다.

이종검은 비록 성삼문·이개 등과는 대립하였지만 사육신 중 한 명인 유성원의 사촌이었으며, 세조에 반대해 끝끝내 벼슬을 거부한 김시습·이맹전과 평생 동안 교류하며 지냈다. 사육신과는 달리 죽음으로써 세조를 거부하지는 않았지만, 세조의 치하에서 벼슬을 거부하고 초야에 묻혀 산 여섯 사람을 생육신이라고 부르는데, 김시습과 이맹전이 바로 생육신에 포함된다. 김시습은 처형된 뒤 버려진 사육신의 시신을 거두어 묻어주었다고 전해진다.

한자 익히기

兄(형) : 형, 맏이, 나이 많은 사람을 부르는 말
弟(제) : 아우, 나이가 어린 사람, 자기의 겸칭, 제자, 순서, 차례
友(우) : 벗, 동아리, 뜻을 같이 하는 사람, 벗하다, 우애 있다
恭(공) : 공손하다, 예의바르다, 삼가다, 섬기다, 직분을 받들다, 높이다, 존중하다

꿈에 증자쯰 뵈와

조광조(趙光祖)

꿈에 曾子(증자)쯰 뵈와 事親孝(사친효)를 뭇ᄌᆞ온ᄃᆡ
曾子ㅣ 曰(왈) 嗚呼(오호)ㅣ라 小子(소자)ㅣ야 드러스라
事親이 豈有他哉(기유타재)리오 敬之而已(경지이이)라 ᄒᆞ시니라

[출전 :『악학습령(樂學拾零)』78 /『청구영언(靑丘永言)』(가람본) 340]

어휘 풀이

꿈 : 꿈

事親孝(사친효) : 어버이를 섬기는 효

뭇ᄌᆞ온ᄃᆡ : 물어보았는데. '뭇+ᄌᆞ오+ㄴᄃᆡ'의 구조로 'ᄌᆞ오'는 '자오되'의 뜻이고,
　　'ㄴᄃᆡ'는 '~는데'의 뜻

드러스라 : 들으려무나

豈有他哉(기유타재) : 어찌 다른 것이 있으랴

敬之(경지) : 공경하다

而已(이이) : 오로지 ~할 뿐이다

작품 해설

　증자에게 효에 대해 묻고, 그 대답을 빌리는 형식으로, 효도가 무엇인가
를 알려주고 있다. 이 시조를 현대어로 풀이하면 다음과 같다.

　　꿈에 증자를 뵈어 어버이 섬기는 효를 물었더니,

증자 말씀하시기를, 아아 그대는 들어 보아라.

부모 섬김이 딴 것이 있으리오, 오직 공경할 따름이라 하시니라.

증자는 공자의 제자 중 한 사람으로, 효성이 지극했다고 알려져 있다. 지은이는 꿈속에서 증자를 만나 효도의 도리가 무엇인지에 대해 물었다. 그러자 증자는 오로지 부모님을 공경하는 것이라고 답했다. 이처럼 가상의 상황을 설정하여 '공경'은 효도의 시작이자 끝이라고 강조하고 있다. 유교에서는 '공경'이 효도의 도리이자 모든 인간관계의 도리라고 여긴다. 이 시조를 통해 지은이 조광조의 효도에 관한 생각과 유교사상을 엿볼 수 있다.

폭군이었던 연산군을 쫓아내고 왕이 된 중종은, 자신의 입지를 다지고 새로운 조선을 만들고자 조광조의 개혁 정치를 지지하였다. 조광조는 성리학의 이념에 입각하여 정치를 펼치자 많은 선비들이 이에 동조했지만, 그가 시도한 개혁은 결국 실패하여, 조광조와 사림(士林 : 유교를 숭상하는 선비로서, 지배적인 위치에 있던 사람들)들은 큰 화를 당한다. 이 사건이 바로 기묘사화(己卯士禍)이다. '사화'란 '선비들이 입은 화'라는 뜻이다. 기묘사화는 조선에서 유교, 특히 성리학이 국가 이념으로 자리 잡기까지의 과정이 얼마나 험난했는지를 보여주는 상징적인 사건이었다. 이 사건으로 선비들은 큰 화를 당했지만, 그들의 신념은 결국 조선의 지배이념으로 자리 잡게 되었다.

지은이 소개

조광조(趙光祖, 1482~1519년)는 조선 전기의 학자이자 정치가로, 본관은 한양이고, 자는 효직(孝直), 호는 정암(靜庵)이다.

중종 때 성리학 이론에 근거한 도덕적 이상 정치를 실현하고자 개혁 정책을 추진했으나, 훈구 세력의 반발을 사서 기묘사화 때 능주로 유배되었다가, 결국 38세에 처형당했다. 훗날 이이(李珥)는 조광조를 이언적(李彦迪)·김굉필·정여창과 더불어 동방사현(東方四賢)이라고 불렀다.

그의 성리학 정신은 퇴계 이황·율곡 이이 등 많은 유학자들에게 영향을 주어 한국 유학의 기본을 바로 세우는 데 기여하였다. 그리고 선조가 즉위한 뒤에 곧 억울함이 풀려 영의정에 추증되었다. 문묘(文廟)에도 배향되었고, 능주의 죽수서원·양주의 도봉서원·희천의 양현사 등에 제향(祭享)되었다. 시호는 문정(文正)이고, 저서로는 『정암집(靜庵集)』이 있다.

더 알아보기

◆ 이 시조는 이형상이 지은 『지령록(芝嶺錄)』에는 「가효문(歌孝問)」이라는 제목으로 아래와 같이 한역(漢譯)되어 있다.

> 夢見宗聖公(몽견종성공) 爲問事親孝(위문사친효)
> 答云無他孝(답운무타효) 要在和容貌(요재화용모)
> 深愛苟不著(심애구부저) 愉色非外效(유색비외효)

1908년에 김교헌(金喬軒)이 편찬(編纂)한 시조집(時調集)인 『대동풍아(大東風雅)』에서는 이 시조의 지은이를 김수렴(金守廉)이라고 했지만, 조광조의 작품이라는 것이 정설로 여겨지고 있다.

◆ 증자가 등장하는 다른 시조들로는 다음과 같은 작품들이 있다.

(1) 王祥(왕상)의 鯉魚(이어) 잡고 孟宗(맹종)의 竹筍(죽순) 꺽거

　　　검던 머리 희도록 老萊子(노래자)의 오슬 입고

　　　一生(일생)애 養志誠孝(양지성효)를 曾子(증자) ᄀᆞ치 ᄒᆞ리이다

[출전 : 『노계선생문집(蘆溪先生文集)』, 박인로]

풀이

　　　왕상의 잉어 잡고 맹종이 죽순 꺾어

　　　검던 머리 희도록 노래자의 옷을 입고,

　　　평생에 효도를 증자같이 하리라.

(2) 日中(일중) 金(금)가마괴 가지 말고 내 말 들어

　　　너는 反哺鳥(반포조)라 鳥中(조중)의 曾參(증삼)이니

　　　오날은 날을 위하야 長在中天(장재중천) 하얏고자

[출전 : 『역대시조선(歷代時調選)』, 노진(蘆禛)]

풀이

　　　해 가운데 금까마귀야, 가지 말고 내말 들어라.

　　　너는 반포조라서 새 중의 증삼이니

　　　오늘은 나를 위해 오랫동안 하늘에 떠 있어다오.

◆ **조광조와 기묘사화**

　성균관 출신인 조광조는 성균관 유생을 중심으로 하는 사림파(士林派)
의 적극적인 지지 속에 훈구세력을 타파하려는 개혁정치를 실시하였다.
연산군을 몰아내고 중종을 세운 반정 공신들을 중심으로 한 훈구파는

조광조의 개혁에 크게 반발하였다.

또 조광조는 임금에게 강론을 하거나 상주할 때 조금도 빈틈이 없었고, 오히려 임금을 쏘아보며 격한 어조로 말하여, 마치 어린아이를 대하듯이 한 경우도 종종 있었다. 중종은 처음에는 조광조에게 호의를 느꼈지만, 점점 조광조의 강경한 태도에 기가 죽어서 조광조만 보면 주눅이 들었다고 한다. 이러한 관계는 점차 악화되어, 마침내 중종은 조광조에 의해 왕권이 흔들린다고까지 느끼게 되었다.

나중에 훈구파는 나뭇잎에 꿀로 글자를 써놓아 이 부분만을 벌레들 갉아먹게 했는데, 그 글자는 '走肖爲王(주초위왕)'으로, 글자를 합치면 '조씨가 왕이 된다'라는 뜻이었다. 훈구파는 이 나뭇잎을 임금에게 바쳐 조광조를 모함하여, 대대적인 숙청을 단행하게 하였는데, 이때가 기묘년(1519년)이었기에 이 사건을 기묘사화(己卯士禍)라고 한다. 이로 인해 조광조는 능주(오늘날의 전라남도 화순군 능주면)에 유배되었다가 끝내 사형되었다. 그러나 후일 사림파가 정권을 잡자, 선조 초에 억울함을 풀어주고 영의정을 추증했으며, 문묘에 종사되었고, 전국의 많은 서원과 사당들에도 배향되었다.

◆ 증자(曾子)

증자는 이름이 삼(參)이며, 공자의 제자이다. 그의 가르침은 공자의 손자인 자사(子思)를 거쳐 맹자에게 전해졌기 때문에, 증자는 유교 사상사에서 대단히 중요한 위치를 차지한다.

특히 그는 효성이 지극하기로 유명한데, 그의 아버지 증점(曾點)도 공자의 제자였다.

『논어』에는 다음과 같은 일화가 있다. 즉 공자가 제자들을 모아 놓고 증자에게 물었다. "증삼아, 나의 도는 하나로써 일관한다[吾道一以貫之]." 그러자 증자는 "예."라고 대답하였다. 공자가 자리를 뜨자 그 말의 참뜻을 모르는 제자들이 증자에게 물었다. "도대체 어떤 뜻인가요?" 그러자 증자는 선뜻 "선생님의 도는 충서(忠恕)일뿐입니다."라고 설명해주었다.

또 『공자가어』에는 증자의 효성에 대한 일화가 보인다. 증자는 『효경』의 지은이로 알려져 있다.

한자 익히기

曾(증) : 일찍이, 이미, 이전에, 성씨의 하나
事(사) : 일, 직업, 재능, 관직, 벼슬, 부리다, 일삼다, 전념하다, 섬기다
親(친) : 친하다, 가깝다, 사이좋게 지내다, 사랑하다, 어버이, 친척
豈(기) : 어찌, 어찌하여
哉(재) : 어조사, 비롯하다, 처음, 재난
已(이) : 이미, 벌써, 따름, 매우, 말다, 그치다

늘그니는 부모 곧고

주세붕(周世鵬)

늘그니는 父母(부모) 곧고 얼우는 형 ᄀ트니
곧튼 디 不恭(불공)ᄒ면 어듸가 다를고
랄로셔 무디어시든 절ᄒ고야 마로링이다

[출전 :『무릉속집(武陵續集)』「오륜가(五倫歌)」]

어휘 풀이

곧고 : 같고
얼우는 : 어른은
ᄀ트니 : 같은데, 같으니
다를고 : 다를까
랄로셔 : 나이로써. '랄'은 '날[日]' 즉 나이
무디어시든 : 많으시거든. '무디다'는 원형이 '무ᄃ다'로 '마디다' 또는 '멀다'의 뜻
마로링이다 : 마르리이다, 말 것이다. '~링이다'는 '~리이다'. '말+오리이다'의 구조

작품 해설

이 시조를 현대어로 풀이하면 다음과 같다.

늙은이는 부모 같고 어른은 형 같으니
같은데 공경하지 않으면 어디가 다를까.
나이가 많으시면 절하고야 말 것이니라.

누구나 자신의 부모를 공경하는 마음을 가지고 있다. 유교는 자신의 부모를 공경하는 마음을 확장하여, 나보다 나이가 많은 어른들에게는 그 누구라도 공경하는 마음으로 대해야 한다고 가르친다. 이 시조는 유학의 보급과 발전에 큰 역할을 한 주세붕의 유교사상이 잘 드러나 있는 작품이다.

이 시조의 지은이인 주세붕이 활동하던 시기는 중종 때부터 명종 때까지로, 김안로가 독재적 공포정치를 실행하고, 뒤를 이어 문정왕후와 윤원형이 정권을 장악하고 조정을 농단하여 정치적으로 어지러운 때였다. 한편으로는 퇴계 이황, 남명 조식, 율곡 이이, 고봉 기대승 등 조선을 대표하는 유학자들이 등장하여 활약하던 시기이다.

지은이 소개

주세붕(周世鵬, 1495~1554년)은 조선 중기의 문신이자 학자이다. 본관은 상주이고, 자는 경유(景游), 호는 신재(愼齋)·남고(南皐)·무릉도인(武陵道人)·손옹(巽翁)이며, 어릴 때부터 효성이 지극하기로 유명했다.

1522년(중종 17년)에 생원시에 합격한 다음, 같은 해 별시문과에 을과로 급제하여, 승문원 권지부정자(權知副正字)로 관직을 시작한 뒤, 호조참판 등 여러 관직들을 거쳤다. 김안로가 정권을 잡고 공포정치를 시행하자, 1537년에 어머니를 모셔야 한다는 핑계를 대고 중앙 관직을 떠나 곤양군수(昆陽郡守)가 되었다가, 결국 이듬해에 파직되었다. 어머니가 세상을 떠나자 무덤 옆에 천막을 짓고 『가례』의 예법을 지키며 삼년상을 치러 효도를 다했다.

그는 1543년에 사림 및 그들의 자제를 위한 교육기관인 백운동서원[白雲

洞書院, 즉 소수서원(紹修書院)을 건립했는데, 이는 유교의 제사를 지내면서도 교육을 담당하는 우리나라 서원의 효시가 되었다.

그가 세상을 떠난 뒤에는 그의 소원대로 고향인 칠원(漆原)의 선영에 안장되었다. 후사가 없어 형의 아들인 박(博)을 양자로 삼았다.

더 알아보기

◆ 부모에 대한 효도와 관련된 속담으로 "남의 부모 공경이 제 부모 공경이다."라는 말이 있는데, 이는 즉 남의 부모를 위하고 존경하는 것은 곧 제 부모를 존경하고 위하는 일이니, 남의 부모도 잘 위하고 존경하라는 말이다.

◆ 주세붕의 효도와 공경에 얽힌 다음과 같은 일화[『국조인물고(國朝人物考)』중에서 발췌]가 있다.

주세붕 선생은 1495년 10월 25일에 태어났다. 선생이 일곱 살 되던 해에 어머니가 병에 걸려 오래도록 병석에 누워 있었는데, 선생이 목욕을 시켜드리고, 머리 빗어드리고, 이를 잡아드리는 등 온갖 시중을 들었으므로 사람들이 모두 주세붕의 어진 성품에 감탄하며 효성스러운 아이라고 불렀다. 선생은 놀이를 할 때에도 어른처럼 행동하여 말을 함부로 하지 않았고, 스스로 삼가며 조심할 줄 알았다. 장성하자 글을 읽고 행실을 닦아 탁월하게 두각을 나타냈으며, 일찌감치 여러 가지 업적들을 이룰 수 있었다.

임진년(1532년)에 전적(典籍)으로 있다가 아버지 상을 당했는데, 3년간 묘소를 지키면서 곡을 하는 바람에, 몸이 야위고 수염과 머리카락이 모두 새하얗게 되었다. 삼년상을 마치고 다시 전적이 되었다가 정유년(1537년)에 늙은 어머니를 봉양하기 위해 지방에서 근무하게 해달라고 임금께 상주하여 곤양군수(昆陽郡守)가 되었다. 그 이듬해에 이웃 고을에서 형벌을 남용한 일을 조사하다가 일에 착오가 생겨 파직되었다. 그 해에 어머니가 세상을 떠났는데, 선생은 장례를 치를 때까지 거친 밥에 물만 마셨으며, 3년간 묘소 옆의 움막에서 짚으로 자리를 만들어 거처했다. 그 후 서울에 올라가 벼슬할 때마다 반드시 거처하는 객관(客館)에 부모의 신위를 모셔놓고 사당의 예처럼 새 음식물을 보면 반드시 올렸다. 그리고 아침저녁으로 살피고 출입할 때마다 참배하였다.

선생은 노인을 보면 반드시 말에서 내렸고, 상복 입은 사람을 보면 반드시 경의를 표했다. 그리고 배우는 사람을 대하면 자세히 잘 이끌어서 기질의 변화를 요점으로 삼았는가 하면, 임금을 섬길 적에는 반드시 그 임금을 요순(堯舜) 같은 성군으로 만들기로 마음먹고, 임금이 옳은 길로 나아갈 수 있도록 지극한 정성을 다했다. 그랬기 때문에 직책을 맡아 일을 할 때 각각 그 도리를 다하여, 상을 주지 않아도 백성들이 스스로 권장하고, 벌을 주어도 백성들이 원망하지 않았다.

한자 익히기

父(부) : 아버지, 친족의 어른
母(모) : 어머니, 모체, 유모
不(불, 부) : 아니다, 아니하다, 못하다, 없다
恭(공) : 공손하다, 예의바르다, 삼가다, 섬기다, 직분을 받들다, 높이다, 존중하다

군자가(君子歌)

주세붕

사름 사름마당 君子(군자)를 願(원)ᄒᆞᄂᆞ니
밋디 몯ᄒᆞ요ᄆᆞᆫ 몯 보는 싸히이다
진실로 願(원)커시든 이를 ᄆᆞ져 삼가쇼셔

[출전 : 『죽계구지(竹溪舊志)』]

어휘 풀이

밋디 : 미치지
몯ᄒᆞ요ᄆᆞᆫ : 못함은, 못하는 것은. '몯+ᄒᆞ+ㅣ+오+ㅁ+은'의 구조. '오'는 삽입모음, 'ㅁ'
　　은 명사를 만드는 접미사
싸히이다 : 탓입니다
願(원)커시든 : 원하시거든. '원ᄒᆞ거+시+더+ㄴ'의 구조. '거시'는 시제선행법. '더'는
　　과거시제보조어간. 'ㄴ'은 관형사형 어미
삼가쇼셔 : 삼가소서. '쇼셔'는 명령형 종결어미

작품 해설

이 시조를 현대어로 풀이하면 다음과 같다.

　　사람 사람마다 군자가 되기를 원하나니,
　　미치지 못함은 못 보는 탓입니다.
　　진실로 원하시거든 이를 먼저 삼가소서.

『논어』에서 공자는 "성인을 만나볼 수 없다면 군자만이라도 만나보면 된다."라고 하였다. 성인은 보통 사람으로서는 도달하기 힘든 존재이다. 그렇지만 군자는 노력하면 누구나 될 수 있다. 그런데 군자도 되지 못하는 이유는 간절히 원하지 않기 때문이다. 이 시조는 군자를 향한 절절한 마음을 표현하고 있는데, 유학자로서 학문과 수행을 함께 하려는 지은이의 진심이 느껴진다.

지은이 소개

앞 편과 동일(131쪽 참조)

더 알아보기

◆ 군자에 대해서

군자란 학식과 덕망이 높은 인격자로서, 유교에서는 이상적 인간을 가리키는 말로 쓰인다. 유교에서는 인간이 도달할 수 있는 가장 높은 경지로서 성인을 언급하지만, 성인은 보통 사람이 도달하기에는 너무나 어려운 존재이기 때문에, 현실적으로 누구나 성취할 수 있고 또 도달해야 하는 존재로서 군자를 들고 있다. 군자는 고대에는 통치 계급 혹은 귀족 계급에 대한 신분 호칭이었는데, 공자에 이르러 유교적 덕성과 교양을 갖춘 인격자를 의미하는 말로 쓰이기 시작하였다. 군자에 상대되는 말은 '소인'이다.

◆ 『논어』에 보이는 군자

자공이 군자에 대하여 묻자, 공자가 대답하였다. "먼저 그 말하고자 하는 바를 실행하고 나서 말이 행동을 따르게 하는 사람이다."[「위정」]

공자가 말하였다. "군자는 의에 밝고, 소인은 이익에 밝다."[「이인」]

공자가 말하였다. "잘못된 것이 있으면 군자는 자기에게서 그 원인을 구하지만, 소인은 남을 탓한다." [「위령공」]

공자가 말하였다. "군자는 조화를 이루지만 뇌동하지 않고, 소인은 뇌동할 뿐 조화를 이루지 않는다." [「자로」]

한자 익히기

君(군) : 임금, 군주, 영주, 남편, 부모, 어진 이, 그대, 자네

子(자) : 아들, 자식, 남자, 사람, 당신

願(원) : 원하다, 기원하다, 성실하다, 공손하다, 삼가다

고인도 날 몯 보고

이황(李滉)

古人(고인)도 날 몯 보고 나도 古人(고인) 몯 뵈
古人을 몯 봐도 녀던 길 알픽 잇니
녀던 길 알픽 잇거든 아니 녀고 엇덜고

[출전 : 『도산육곡(陶山六曲)』]

어휘 풀이

古人(고인) : 옛 성인
몯 뵈 : 못 뵈었구나. '뵈'의 '~ㅣ'는 감탄형
녀던 : 가던. '녀다'는 '가다', '다니다'의 뜻
알픽 : 앞에. '앒히'로 쓰기도 함
엇덜고 : 어찌할까. '~ㄹ고'는 의문형 종결어미

작품 해설

이 시조를 현대어로 풀이하면 다음과 같다.

고인도 날 못 보고 나도 고인 못 뵈었네.
고인을 못 봐도 가던 길 앞에 있네.
가던 길 앞에 있거든 아니 가고 어쩔고.

이황은 '경(敬)'의 철학을 주창한 유학자이다. 이황이 생각하는 '경'이란,

마음을 다스리는 주체요, 모든 일의 근본이 되는 것이다. 그는 중국의 대유학자인 정이가 말한 '주일무적(主一無適)'·'정제엄숙(整齊嚴肅)'이라는 말을 인용하여 경을 설명하는데, '주일무적'은 '한 가지 일에 정신을 집중하여 다른 곳에 정신을 쏟지 않는다.'라는 뜻, 즉 '마음을 하나로 모아 움직이기 않게 한다.'라는 뜻이다. '정제엄숙'은 '몸가짐을 단정히 하고, 마음을 엄숙하게 한다.', 즉 '옷 매무새를 단정히 하고 몸가짐을 엄숙히 한다.'라는 뜻이다. 이는 외모와 행동에 대해 규정한 것처럼 생각되지만, 실제로는 외적인 요소를 잘 가다듬어 정신과 마음에도 순수한 덕을 길러낸다는 것을 의미한다.

이 시조는 '경'의 자세를 가지고 옛 성인이 행하던 올바른 도리를 실천하겠다는 의지를 보여준다. 이황이 생각하던 '경'의 실천 정신이 잘 드러난다.

이황은 1534년에 관직 생활을 시작하여, 43세가 되던 1543년 이후 사퇴하고 다시 임명되기를 반복하였다. 그 시기는 왕위가 인종에서 명종으로 넘어가면서 문정왕후와 윤원형이 정치를 어지럽히기 시작하던 때였다. 문정왕후의 동생인 윤원형의 부정부패는 말로 다할 수 없을 정도였다. 그에게 뇌물이 폭주해 성 안에 집이 열여섯 채였고, 그 집에는 뇌물로 받은 고기가 썩어 사람들이 지나갈 수 없을 정도로 지독한 냄새가 났다고 한다. 이황은 그 속에서 '물러남'을 통해 혼란한 정치로부터 벗어나고자 하였다. 관직을 맡아 천하를 경영하는 것은 사대부로서 당연히 추구해야 할 바이지만, 흉악한 세력이 권력을 장악한 시대에 '물러난다는 것'은 정치적 한계를 극복하는 대안이기도 했다.

이황(李滉, 1501~1570년)은 조선 중기의 문신이자 유학자로, 주자의 사상을 깊게 연구하여 조선 성리학의 기초를 닦았으며, 영남학파의 시조로 높이 존경받았다. 본관은 진보(眞寶), 자는 경호(景浩), 호는 퇴계(退溪)이다. 퇴계라는 호는 '물러나 시냇가에 머무르다'라는 뜻을 지닌 '퇴거계상(退居溪上)'이라는 말에서 비롯되었다. 관직에서 물러난 뒤에는 청량산 기슭에 도산서당(陶山書堂)을 짓고 후학을 양성하였다. 시호(諡號)는 문순(文純)이다.

경상북도 예안(禮安, 지금의 안동시)에서 좌찬성 이식(李埴)의 7남 1녀 중 막내아들로 태어났다. 생후 일곱 달 만에 아버지를 여의었으나, 어질고 현명한 어머니였던 박씨의 가르침 아래 총명한 자질을 키워갔다.

1527년, 향시(鄕試)에서 진사시와 생원시 초시에 합격하고, 어머니가 바라던 대로 성균관에 들어가 다음해에 진사 회시에 급제하였다. 1534년에 문과에 급제하면서 관직에 발을 들여놓았다. 이후 관직을 사퇴하고 재임명되기를 수차례 반복하였다.

그가 풍기군수로 재임하고 있을 때, 전임 군수인 주세붕이 1543년에 세운 백운동서원에 편액(扁額)과 서적·학전(學田) 등을 내려줄 것을 조정에 건의하였다. 조정에서는 그의 건의를 받아들여, 1550년에 백운동서원에 소수서원(紹修書院)이라는 편액과 함께 면세와 면역의 특권도 부여하였는데, 이로써 소수서원은 조선 최초의 사액서원이 되었다.

이황은 고봉(高峰) 기대승(奇大升, 1527~1572년)과 유교의 주요 개념인 사단(四端)과 칠정(七情)의 문제를 놓고 서신 왕래를 통해 의견을 교환하면서 논쟁을 벌였다. 이를 '사단칠정 논쟁'이라고 하는데, 이 논쟁은 이후의 조선 유학에 결정적인 영향을 미쳤다. 이황의 주장은 영남의 학자들이 지지하면서 영남학파를 형성하였으며, 기대승의 주장은 율곡 이이가 지지하면서 기호학파의 주요 사상으로 자리 잡게 되었다.

이황의 사상은 조선의 유교뿐만 아니라 일본의 유학에도 큰 영향을 끼쳤고, 개화기 중국의 정신적 지도자에게서도 크게 존경과 숭배를 받았다. 그야말로 한국을 대표하는 세계적인 학자라고 할 수 있다.

더 알아보기

◆ 퇴계 이황의 효도 일화

퇴계 이황은 태어난 지 일곱 달 만에 아버지를 여의었기 때문에, 늘 아버지에 대한 그리움과 안타까움을 간직한 채 살았다. 이황의 아버지는 전처와의 사이에서 3남 1녀를 두었고, 이황의 어머니와의 사이에서 4형제를 두었다. 아버지가 7남 1녀를 남기고 마흔 살의 나이로 세상을 떠났을 때, 이황의 어머니는 불과 32세였다. 이렇게 많은 자식들을 혼자의 힘으로 키워낸다는 것은 너무나도 힘든 일이었다. 그러나 이황의 어머니는 농사일과 길쌈으로 자식들을 훌륭하게 키워냈다. 어머니는 어린 이황에게 늘 이렇게 말했다고 한다. "과부의 자식은 행동을 하는 데에서 몇 배나 더 조신해야 한다."

이황은 작은아버지에게 『논어』를 배웠는데, 그때 "집에 들어가면 효도를 다하고 밖에 나아가면 늘 공경한다."라는 구절을 읽고는 아버지를 모시지 못한 것을 크게 한탄하였다고 한다. 이후 그는 『효경』을 학문에 들어가는 길로 삼았다. 제자들을 가르칠 때는 먼저 『효경』과 『소학』을 읽게 하고, 그 다음에 사서(四書)를 읽도록 했다. 그가 "효란 덕의 근본이요, 교화가 그것으로 말미암아 생기는 것"이라고 말한 것도 바로 여기에서 말미암은 것이다.

이황은 생일 때 자식들이 자기에게 술잔을 바치는 것을 거절하면서 이렇게 말하였다.

"나는 어머님이 살아 계실 적에 이렇게 하지 못했는데, 어찌 차마 이 술잔을 받겠느냐?"

결국 그는 끝끝내 자식들이 주는 술을 마시지 않았다고 한다.

◆ 이황의 경(敬) 사상

유학은 꾸준한 공부를 통하여 진리를 깨닫고, 깨달은 진리를 살아가면서 실천하는 학문이다. 진리는 실천을 통하여 완전히 자신의 것이 되며, 실천이 없는 진리는 유학에서 아무런 의미를 갖지 못한다.

공자는 "배우지만 생각하지 않으면 얻는 것이 없고, 생각은 하지만 배우지 않으면 행동이 위태롭다."라고 하였다. 이에 대하여 이황은 "배운다는 것은 어떤 일을 익혀 진심으로 실천한다는 뜻이다."라고 했다. 또 "생각한 것을 배워서 익히지 않으면 위태로워 불안하므로, 반드시 배우고 그 배운 바를 실천해야 한다. 생각과 실천은 서로 도와주어 발전시키는 것이다."라고 설명하였다.

이처럼 생각하고 배우고 실천하는 것이야말로 유학의 핵심을 이루는 내용이다. 이황의 '경' 사상은 바로 이렇게 생각하고 배우고 실천하는 방법론을 다음과 같이 제시하고 있다. "경을 지킨다는 것은 생각과 배움에 다 요구되며, 움직여 활동할 때나 고요히 머무를 때나 한결같이 필요한 태도로 인간의 내면과 외면을 합치시키고, 밖으로 드러나는 현상과 마음속의 이치를 통일시켜 주는 방법이다."

이황의 생각에 의하면, 경은 인간의 마음과 행동, 내면과 외면을 합치시키고 통일시켜 인간이 올바른 인간으로서 자립할 수 있게 만드는 실천 방법이다. 이 경의 실천 방법을 잘 살려 나가면 성인인 순임금처럼 되는 것도 불가능하지 않다고 말하였다.

한자 익히기

古(고) : 옛날, 예전, 선조, 오래되다, 예스럽다

당시에 녀든 길흘

이황

當時(당시)에 녀든 길흘 몃 히를 브려 두고
어디 가 둔니다가 이제사 도라온고
이제나 도라오나니 년듸 므슴 마로리

[출전 : 『도산육곡(陶山六曲)』]

어휘 풀이

녀든 : 가던
이제사 : 이제야. '사'는 강세조사
년듸 : 딴 곳
므슴 : 마음
마로리 : 말리라, 하지 않으리라. 옛 한글의 기본형은 '말다'이고, '오리'는 '으리'이
　　　다.

작품 해설

　이 시조를 현대어로 풀이하면 다음과 같다.

　　　당시에 가던 길을 몇 해를 버려두고,
　　　어디에 가서 다니다가 이제야 돌아왔는가.
　　　이제야 돌아왔으니 딴 데 마음 두지 않으리.

이 시조에서 말하는 '길'이란 이황이 늘 주장하던 학문과 수양의 '길'을 뜻한다. 학문을 통해 진리를 익히고 수양하여 이를 실천하는 길이다. 그런데 그 길을 떠나 세속적인 욕심에 사로잡혀 다른 곳을 헤매며 다니다가 다시 학문과 수양의 길에 돌아온 것이다. 올바른 길에 돌아온 이상 '경'의 정신으로 마음을 가다듬어 학문과 실천에 정진하겠노라는 강한 의지를 다지고 있다. 이는 학문과 수양의 세계를 떠나 벼슬을 하던 이황 자신의 이야기이기도 하면서, 우리에게 충고하는 메시지이기도 하다.

지은이 소개

앞 편과 동일(139쪽 참조)

더 알아보기

◆ 『성학십도(聖學十圖)』

1568년에 68세의 노학자였던 퇴계 이황이 17세의 선조에게 바친 소책자이다. 1567년에 선조는 16세의 나이에 임금이 되자, 곧 이황에게 관직을 내리고 이를 받을 것을 여러 차례 독촉하였다. 이황은 처음에는 벼슬을 사양했으나, 이듬해 7월에 판중추부사로 임명하자 더 이상 거절할 수 없어서 상경하였다. 그 해 8월에 정치사상의 중핵을 이루는 「무진육조소(戊辰六條疏)」라는 상소를 올리고, 여러 차례 임금 앞에서 강의도 하였다. 그렇지만 이황은 늙고 병든 자신에게 스스로 한계를 느끼고, 어린 선조의 학문적 이해 능력에도 한계가 있음을 느꼈다. 이에 나라와 군주를 위해 값진 일을 한 다음 은퇴할 생각을 하고, 결국 12월에 『성학십도』를 지어 올렸다. '성학(聖學)'이란 유교에서 지향하는 이상적 인격자(즉 성인), 혹은 이상적 통치자(즉 성군)가 되기 위한 학문을 말하는데, 성학에 대하여 알기 쉽도록 열 가지 그림으로 내용을 표현한 것이 『성학십도』이다. 이 『성학십도』에는 이황의 성학에 대한 관점과 철학이 집약적으로 담겨 있는데, 노학자의 평생의 학문적 여정이 응축된 유학 강의의 결정체이다. 이후 이황은 귀향했는데, 2년 뒤(1570년)에 70세를 일기로 세상을 떠났다.

◆ 『성학십도』의 「숙흥야매잠(夙興夜寐箴)」

이황이 지은 『성학십도』의 마지막 부분에는 「숙흥야매잠도」라는 그림과 그 그림에 대한 설명이 있는데, 아침부터 밤까지의 일상생활 속에서 추구해야 할 실천 방법을 서술하고 있다. '숙흥야매'란 일찍 일어나고 늦게 잠든다는 뜻이다.

그 일곱 가지 조목은 다음과 같다.

1. 닭이 우는 새벽에 깨어나면 이런저런 생각이 차차 생겨나니, 어찌 그 동안에 마음을 고요히 하여 정돈하지 않을 수 있겠는가! 때로는 과거의 잘못을 반성하고, 때로는 새로 얻은 것을 생각하여 순서에 맞게 조리를 세워 분명히 알게 해야 한다.[숙오(夙寤) : 새벽에 잠을 깸]

2. 마음이 안정되면, 일찍 일어나 세수하고, 머리를 빗고, 의관을 차리고, 단정히 앉아 자세를 바르게 한다. 마음을 다잡아서 마치 떠오르는 해와 같이 밝게 하고, 태도를 엄숙하게 하며, 겉모습을 단정히 하면, 마음이 깨끗해지고 밝고 고요하여 집중할 수 있게 될 것이다.[신흥(晨興) : 일찍 일어남]

3. 이에 책을 펴고 그 속의 성현을 마주 대하면, 공자께서 눈앞 자리에 계시고, 그의 제자인 안자(顏子)와 증자(曾子)가 내 앞뒤에 서 있을 것이다. 성현의 말씀을 하나하나 경청하고, 제자들이 질문하고 논의하는 말을 반복하여 읽어서 나를 바로잡아라.[독서(讀書) : 책을 읽음]

4. 일이 생겨 실천하다 보면 행동에서 배운 것을 실현할 수 있으니, 환하게 밝은 하늘의 명(命)을 항상 잘 살펴보며 실천해야 한다. 일을 행하고 나면, 조금 전과 같이 마음을 고요하게 하고 정신을 집중하여 잡념에서 벗어나라.[응사(應事) : 일에 응함]

5. 행동하거나 가만히 사색할 때에 오직 마음으로 응시하여, 사색할 때는 마음을 안정시키고, 행동할 때는 올바른 마음을 잘 살펴서, 정신을 둘로 셋으로 나누지 말라. 글을 읽다가 힘들면 휴식시간을 갖고 산책을 하며 정신을 이완하고 성정[性情]을 휴양하라.[일건(日乾) : 낮에 부지런히 노력함]

6. 날이 저물면 피곤해져서 흐린 기운이 쉽게 몸속으로 들어오니, 깨끗이 씻고 옷차림과 마음을 바로잡아 정신을 청명하게 하라. 밤이 깊어 잠자리에 들면, 손발을 가지런히 놓고 잡생각을 하지 않으면서 푹 잠들도록 하여라.[석척(夕惕) : 저녁에 두려워하며 조심함]

7. 밤의 기운으로써 자신이 성장해 나갈 것이니, 하루를 마치면 다시 아침으로 돌아온다. 생각을 이처럼 하여 밤낮으로 꾸준히 노력하

라.[겸숙야(兼夙夜) : 밤낮으로 꾸준히 노력함]

한자 익히기

當(당) : 당하다, 대하다, 맡다, 마땅히

時(시) : 시간, 때, 계절, 시한, 당시, 때마다, 때를 맞추다

두 셩이 흔 듸 모다

박선장(朴善長)

두 姓(셩)이 흔 듸 모다 함씌 늘거 죽쟈 ᄒ니
百年(백년) 情好(졍호)야 이에셔 더랴마ᄂ
그려도 恭敬(공경)홀 줄 모ᄅ면 雎鳩(져구) 아니 인ᄂ냐

[출전:『수서선생문집(水西先生文集)』]

어휘 풀이

흔 듸 : 한 곳에
함씌 : 함께. 홈씌, 홈케, 홈긔, 함긔 등으로도 표기함
이에셔 : 여기서, 여기보다
더랴마ᄂ : 더하랴마는
雎鳩(져구) : 물수리
인ᄂ냐 : 있느냐

작품 해설

이 시조를 현대어로 풀이하면 다음과 같다.

두 성이 한 데 모여 함께 늙어 죽자 하니
백년 정호야 이에서 더하랴마는
그래도 공경할 줄 모르면, 금슬 좋은 물수리가 있지 않느냐.

'공경'의 대상은 어른만이 아니다. 부부 사이에도 공경이 없으면 안 된다. 조선 시대에는 남편은 하늘이고 아내는 땅이라고 여겼기 때문에, 엄격한 상하관계였던 것으로 생각하기 쉽다. 그렇지만 이 시조를 통해 부부가 서로 존중하고 공경하는 것이 바람직하다고 생각했음을 알 수 있다.

이 시조는 임진왜란을 전후한 시기에 쓰어진 것으로 짐작된다. 임진왜란으로 인해 조선은 많은 인명 피해를 입었을 뿐만 아니라, 사회·경제적 손실도 매우 컸다. 또한 이 시기는 정치적으로도 당파가 형성되는 등 어려움이 계속된 시기였다. 지은이가 시조를 지어 오륜을 강조한 것도, 이런 시기일수록 올바른 사상을 굳건히 세워야 한다고 판단했기 때문일 것이다.

지은이 소개

박선장(朴善長, 1555~1616년)은 조선 중기의 문신·학자로, 본관은 무안(務安), 자는 여인(汝仁), 호는 수서(水西)이다.

네 살 때 아버지가 한양에서 세상을 떠났으므로, 열 살 때 어머니를 따라 경상도 영천(榮川:지금의 영주)에 있는 외가에 내려가 그의 장인이자 스승인 남몽오(南夢鰲)에게 배웠다. 1605년(선조 38년)에 51세의 늦은 나이로 과거에 급제하여 관직에 올랐고, 성리학 연구에 힘썼다.

대표적인 작품으로 한문시 「薄薄田歌(박박전가)」와 시조 「五倫歌(오륜가)」가 있으며, 저서로는 이들 작품이 수록된 문집인 『水西集(수서집)』이 있다.

◆ 위의 시조를 포함하여 박선장은 「오륜가」라는 연시조를 지었다. 오
륜이란, 아버지와 자식 사이에는 친함이 있어야 하고[父子有親], 임금과 신
하 사이에는 의가 있어야 하고[君臣有義], 부부 사이에는 분별이 있어야 하
고[夫婦有別], 손윗사람과 손아랫사람 사이에는 순서가 있어야 하고[長幼
有序], 벗 사이에는 신의가 있어야 한다[朋友有信]는 것이다.

박선장의 나머지 오륜에 관한 시조는 다음과 같다.

부자유친에 관한 시조는,

> 寸(촌)마도 못흔 푸리 봄 이슬 마즌 후에
> 닙 넓고 줄기 기러 밤나즈로 부러낫다
> 이 恩惠(은혜) 하 罔極(망극)ᄒ니 가풀 줄을 몰닉라

풀이

> 한 마디도 안 되던 풀이 봄 이슬을 맞은 후에
> 잎이 넓어지고 줄기가 길어지며 밤낮으로 자랐다.
> 이 은혜는 끝이 없어 갚을 방법을 모르겠구나.

군신유의에 관한 시조는,

> 이 님이 녀기시고 이 님이 입펴시니
> 十生(십생) 九死(구사)ᄒᆞᆯ 님의 德(덕)을 니즐ᄂᆞ냐

萬一(만일)에 大義(대의)를 모르면 廝養(시양)이나 다르랴.

풀이

이 님이 먹이시고 이 님이 입히시니

열 번을 죽고 산들 님의 덕을 잊을 수 있으랴.

만약 이 큰 뜻을 모르면 천한 일을 하는 사람과 무엇이 다르랴.

장유유서에 관한 시조는,

몬져 나니 後(후)에 나니 次序(차서)야 다를지라도

압 뒤헤 들녀서 한 져즈로 기러낫다

삼름이 이 뜻을 모라면 禽獸(금수)마도 못ᄒ리

풀이

먼저 난 이 뒤에 난 이 차례야 다를지라도

앞뒤에 달려서 한 젖으로 자라났다.

사람이 이 뜻을 모르면 금수만도 못하리.

붕우유신에 관한 시조는,

남으로 삼긴 거시 어딋도록 親厚(친후)홀샤

손 잡고 말홀 제 억게만 두드리랴

桑田(상전)이 바다물 되여도 信(신)을 닛디 마로리라

남으로 생긴 것이 이토록 친후하여

손잡고 말할 제 어깨만 두드리랴.

뽕밭이 바다 되어도 믿음을 잊지 말지어다.

◆ 오륜

오륜이란, 유교에서 제시하는 인간에게 가장 기본적인 다섯 가지 인간 관계, 즉 부자유친(父子有親)·군신유의(君臣有義)·부부유별(夫婦有別)·장유유서(長幼有序)·붕우유신(朋友有信)을 말한다.

유교의 경전들 가운데 오륜의 내용이 분명하게 표현되기 시작한 것은 『맹자(孟子)』와 『중용(中庸)』에서부터이다.

『맹자』에서는, "사람에게는 도(道)가 있다. 배부르게 먹고, 따뜻하게 입고, 편안히 살면서 배움이 없으면 짐승과 별로 다르지 않다. 성인이 이를 걱정하여, 설(契)을 사도(司徒)로 삼아 인륜을 가르쳤으니, 부자는 친함이 있어야 하고, 군신은 의리가 있어야 하며, 부부는 분별이 있어야 하고, 장유는 서열이 있어야 하며, 붕우는 신의가 있어야 한다."라고 했다.

『중용』에서는, "천하에는 항상 변치 않는 지극한 도리[達道]가 다섯 가지 있고, 이를 행하기 위한 것이 세 가지 있다. 그것은 군신·부자·부부·형제·붕우의 관계이다. 이 다섯 가지가 천하의 지극한 도리이다. 지(知)·인(仁)·용(勇)의 세 가지는 천하의 지극한 덕목이다."라고 했다.

한자 익히기

姓(성) : 성씨, 백성, 씨족, 타고난 천성

百(백) : 일백, 백 번, 모두, 온갖

年(년, 연) : 해, 나이, 때

情(정) : 정, 뜻, 마음의 작용, 사랑, 인정, 정성, 실상, 사정, 형편

好(호) : 좋다, 아름답다, 사랑하다, 우의, 정분

恭(공) : 공손하다, 예의바르다, 삼가다, 섬기다, 직분을 받들다, 높이다, 존중하다

敬(경) : 공경, 삼가다, 절제하다, 훈계하다, 예의가 바르다

雎(저) : 물수리(수릿과의 새)

鳩(구) : 비둘기

이바 아희들아

김상용(金尙容)

이바 아희들아 내말드러 빈화스라
어버이 孝道(효도)하고 어룬을 恭敬(공경)하야
一生(일생)의 孝悌(효제)를 닷가 어딘 일홈 어더라

[출전 : 『선원유고속고(仙源遺稿續稿)』「훈계자손가(訓戒子孫歌)」]

어휘 풀이

이바 : 이봐

아희 : 아이

빈화스라 : 배우려무나. '빈호+아+스라'로 구성되어 있으며, 옛 한글의 기본형은
  '빈호다'로, '배우다'라는 뜻이다. '아'는 일부 동사의 어간 뒤에 붙어, 그것을
  조사로 만드는 말이다. '~스라'는 '~구나'의 뜻이다[예 : 산중(山中)을 매양보랴.
  동해(東海)로 가쟈스라].

효제(孝悌) : 효도와 공경

닷가 : 닦아. 옛 한글의 기본형은 '닷다'로, '닷가'는 '닷+아'로 구성되어 있다. '아'
  는 연결어미이다.

어딘 : 어진. 옛 한글의 기본형은 '어딜다'

일홈 : 이름

어더라 : 얻어라. '얻+어라'로, '어라'는 명령형 종결어미

작품 해설

이 시조를 현대어로 풀이하면 다음과 같다.

이봐 아이들아 내말 들어 배우려무나.
어버이에게 효도하고 어른을 공경하여
일생에 효제를 닦아 어진 이름 얻어라.

이 시조는 9연으로 된 「훈계자손가」 중 서시(序詩)에 해당한다. 따라서 훈계하는 말 가운데 가장 핵심적인 내용을 담고 있다. 그것은 다름 아닌 효도와 공경이다. 초장에서 자손들을 불러 모은 후, 중장과 종장에서 부모님께 효도하고 어른들께 공경할 것을 강조하고 있다. 마치 말로 타이르는 듯하여, 지은이의 마음이 느껴지는 시조다.

지은이 김상용이 활동한 시기는 임진왜란과 병자호란 등 전란이 끊이지 않던 혼란한 시대였다. 자손을 훈계하는 내용의 이 연시조는 계속되는 전란으로 어지러워진 민심을 다시 바로잡으려는 취지에서 지었을 것이다.

지은이 소개

김상용(金尙容, 1561년~1637년)은 조선 중기의 문신이다. 본관은 안동이고, 자는 경택(景擇)이며, 호는 선원(仙源)·풍계(楓溪)·계옹(溪翁)이다. 승문원부정자(承文院副正字)·예문관검열(藝文館檢閱)을 시작으로, 병조·예조·이조의 판서를 거쳐 우의정에 이르기까지 여러 관직들을 역임하였다. 1636년의 병자호란 때 묘사(廟社)의 신주를 받들고, 빈궁·원손을 수행해 강화도에 피난했다가 이듬해에 성이 함락되자 성의 남문루(南門樓)에 있던 화약에 불을 지르고 순절하였다. 문집으로는 『선원유고』 7권이 전해지며, 시조 작품으로는 「오륜가(五倫歌)」 5장, 「훈계자손가」 9편이 전한다.

더 알아보기

◆ 「훈계자손가」에 대하여

　「훈계자손가」는 모두 9연으로 되어 있으며, 자손에게 훈계하는 형식을 빌려 저술한 시조다. 이 시조는 자신을 수양하고 타인을 교화하는 교훈적인 내용을 담고 있다. 즉 말은 충성스럽고 믿음직스럽게 하고, 행동은 돈독하게 그리고 공경으로 하라는 내용이다. 그 실천의 장은 거창한 무대를 필요로 하지 않는다. 일상생활 속에서 말을 조심하고, 남과 싸우지 말고, 타인을 공경하며, 효를 실천하라는 것이 바로 훈계의 내용이다. 이 9연의 시조를 통해 그의 선비정신을 엿볼 수 있다.

한자 익히기

孝(효) : 효도, 상복, 제사, 부모를 섬기다, 제사하다
道(도) : 길, 도리, 이치, 재주, 방법, 주의, 사상, 제도, 기능, 작용
悌(제) : 공손하다, 공경하다

사름이 되어 이셔

김상용

사름이 되어 이셔 용훈 길로 돗녀스라
言忠信(언충신) 行篤敬(행독경)을 念慮(염려)의 닛디 마라
내 몸이 용티곳 아니면 洞內(동내)엔들 돗녀랴

[출전: 『선원유고속고』 「훈계자손가」]

어휘 풀이

사름 : 사람

용훈 : 순한, 착한. 옛 한글의 기본형은 '용ᄒ다'

돗녀스라 : 다니려무나. 'ㅅ라'는 'ᄉ라'와 같고, 명령형 종결어미

言忠信(언충신) 行篤敬(행독경) : 『논어』에 나오는 말로 '말이 충실하고 믿음직스
　　러우며, 행실이 돈독하고 경건하다'는 뜻

닛디 : 잊지. 옛 한글의 기본형은 '닛다'

용티곳 : 순하지, 착하지

작품 해설

이 고시조를 현대어로 풀이하면 다음과 같다.

사람이 되어서 착한 길로 다니려무나.
말은 미덥게 하고 행동은 공경하게 할 것을 마음속에서 잊지 마라.
내 몸이 착하지 않으면 마을 안에서인들 다니랴.

초장에서는 사람으로서 착한 길을 걸을 것을 당부하고 있다. 중장에서는 착한 길로 간다는 것이 어떤 것인가를 보여주고 있다. 즉 "말은 충실하고 믿음직스럽게 하며, 행실은 돈독하고 경건하게 하라."라는 『논어』의 가르침이다. 지은이가 이렇게 말하는 것은 일상생활에서의 삶의 자세를 일깨우기 위해서이다. 종장의 "마을 안에서인들 다니랴"라는 표현이 그것을 증명해준다.

지은이 소개

앞 편과 동일(155쪽 참조)

더 알아보기

◆ 언충신 행독경(言忠信 行篤敬)

『논어』「위령공」에 나오는 말이다.

제자인 자장이 행실에 대하여 묻자, 공자가 대답하였다. "말이 충실하고 믿음직스러우며, 행실이 돈독하고 경건하면, 비록 오랑캐의 나라라 하더라도 잘 행해질 수 있지만, 말이 충실하지도 믿음직스럽지도 못하고, 행실이 돈독하지도 경건하지도 못하면, 우리나라의 고을과 마을에서라도 제대로 행해질 수 있겠는가? 일어서면 '충신·독경'이라는 글자가 앞에 있는 것을 볼 수 있고, 수레에 타면 멍에에 이 글자가 적혀 있는 것을 볼 수 있어야 하니, 이와 같은 뒤에야 행해질 수 있는 것이다." 자장은 이에 '충신·독경'을 띠에 써서 항상 지니고 다니며 명심했다.

한자 익히기

言(언) : 말, 말씀, 말하다

忠(충) : 충성, 진실, 진심, 한마음

信(신) : 진실, 믿다

行(행) : 가다, 나아가다, 행하다, 일하다

篤(독) : 도탑다, 굳다, 인정이 많다, 오로지

敬(경) : 공경, 삼가다, 절제하다, 훈계하다, 예의바르다

念(념, 염) : 생각하다, 생각, 외다, 읊다

慮(려, 여) : 생각하다, 꾀하다, 근심하다, 걱정하다

洞(동) : 골, 골짜기, 굴, 동굴, 비다

內(내) : 안, 속, 들다, 들이다

일 니러 셰수ᄒ고

김상용

일 니러 洗手(세수)ᄒ고 父母(부모)긔 問安(문안)ᄒ고
左右(좌우)의 뫼와 이셔 恭敬(공경)ᄒ야 섬기오ᄃᆡ
餘暇(여가)의 글 ᄇᆡ화 닑거 못 미츨 ᄃᆞᆺᄒ여라

[출전 : 『선원유고속고』「훈계자손가」]

어휘 풀이

일 : 일찍이

니러 : 일어나. 옛 한글의 기본형은 '닐다'

뫼와 : 뫼시어. 옛 한글의 기본형은 '뫼오다'·'뫼시다'

섬기오ᄃᆡ : 섬기되. 옛 한글의 기본형은 '셤기다'

ᄇᆡ화 : 배워. 옛 한글의 기본형은 'ᄇᆡ호다' 혹은 'ᄇᆡ오다'·'ᄇᆡ우다'

닑거 : 읽어. 옛 한글의 기본형은 '닑다'

미츨 : 미칠. 옛 한글의 기본형은 '밋다'·'미츠다'·'미ᄎ다'·'밋츠다'로, '미치다'·'이
르다'라는 뜻

작품 해설

이 시조를 현대어로 풀이하면 다음과 같다.

일찍 일어나 세수하고 부모님께 문안하고,

좌우에 모시고 공경하여 섬기되

틈틈이 글 배워 읽어 부족한 듯하여라.

여기에서 지은이는 효도란 특별한 것이 아니라 일상생활 속에서 실천하는 것이라고 이야기하고 있다. 효도가 특별한 행위라면 매일 실행할 수 없다. 일찍 일어나 문안인사 드리고, 언제나 공경하며 섬긴다. 이것이야말로 진정한 효도이다. 그리고 틈나는대로 글공부를 해야 한다. 효를 실천하는 것이 지식을 쌓는 것보다 앞서지만, 그렇다고 글공부가 덜 중요한 것은 아니다. 늘 부족하다는 마음으로 글공부를 할 것을 당부하고 있다.

지은이 소개

앞 편과 동일(155쪽 참조)

한자 익히기

洗(세, 선) : 씻다, 갈고 닦다, 설욕하다, (마음을) 깨끗이 하다

手(수) : 손, 재주, 솜씨, 수단, 방법, 도움이 될 만한 힘이나 행위

問(문) : 묻다, 방문하다, 찾다, 알리다, 부르다

安(안) : 편안하다, 즐기다, 좋아하다, 이에, 어찌

左(좌) : 왼쪽, 증거, 증명, 좌익

右(우) : 오른쪽, 우익, 서쪽, 귀하다, 숭상하다, 돕다

餘(여) : 남다, 넉넉하다, 나머지, 여가(여분), 정식 이외의

暇(가) : 틈, 겨를, 한가하다

자세히 살펴보면

박인로(朴仁老)

仔細(자세)히 살펴보면 뉘 아니 感激(감격)ᄒᆞ리
文子(문자)는 拙(졸)ᄒᆞ되 誠敬(성경)을 삭여시니
진실로 熟讀詳味(숙독상미)ᄒᆞ면 不無一助(불무일조)ᄒᆞ리라

[출전 : 『노계선생문집(蘆溪先生文集)』「오륜가(五倫歌)」]

어휘 풀이

뉘 : 누가

誠敬(성경) : 진실한 마음으로 공경함

삭여시니 : 새겼으니. 옛 한글의 기본형은 '사기다'

熟讀詳味(숙독상미) : 뜻을 잘 생각하면서 자세히 읽고, 그 내용을 음미함

작품 해설

이 시조를 현대어로 풀이하면 다음과 같다.

자세히 살펴보면 누가 아니 감격하리!
문자는 졸렬하되 참된 공경을 새겼으니,
진실로 잘 읽고 음미하면 도움이 없지 않으리라.

초장에서는 자신이 지은 「오륜가」를 읽는다면 누구나 감격할 것이라고

자신 있게 선언하고 있다. 그 까닭은 비록 문장은 졸렬하지만 그 내용에는 참된 공경의 정신을 새겨 넣었기 때문이라고 하였다.

박인로가 꿈속에서 성(誠)·경(敬)·충(忠)·효(孝)의 네 글자를 얻었는데, 이를 평생의 좌우명으로 삼아 성찰을 게을리 하지 않았다는 일화는 유명하다. 그 마음의 진정성이 느껴지는 시조이다.

지은이가 활동한 시기는 김상용과 거의 같다. 이 「오륜가」 속에 죽은 동생을 그리는 시조가 포함되어 있음을 볼 때, 「오륜가」를 지은 시기는 아우인 박인수가 죽은 1634년(인조 12년) 이후라고 생각된다. 작품 속에는, 계속되는 전란 속에서 어지러워진 인간관계를 다시 세우려는 지은이의 열망이 엿보인다.

지은이 소개

박인로(朴仁老, 1561~1642년)는 조선 중기의 무인이자 문인이다. 본관은 밀양이며, 자는 덕옹(德翁), 호는 노계(蘆溪)·무하옹(無何翁)이다. 영양(지금의 경북 영천)에서 출생하였다. 명문가 출신은 아니었지만, "이 세상에 남길 만한 이름은 효도·우애·청백이며, 가슴속에 간직한 것은 충과 효 두 글자"라고 하여, 유교의 이상을 실현하는 전형적 사대부의 삶을 추구했다. 임진왜란 때는 의병활동 등을 통해 무인으로 활약하였고, 1599년에는 무과에 등제하여 무관으로 활동하였다. 40세 이후에는 은거생활을 하면서 문인으로서 본격적인 활동을 했다. 비록 인생의 후반기부터 문인활동을 했지만, 매우 다채로운 작품들을 발표하였다. 정철·윤선도와 함께 조선 3대 시가인으로 불리며, 가사문학의 발전에 크게 이바지한 인물로 손꼽힌다. 주요 작품으로는 「태평사(太平詞)」·「사제곡(莎堤曲)」·「누항사(陋巷詞)」

등이 있다. 그의 작품들은 3권 2책으로 이루어진 『노계집』과 필사본 등
에 실려 있다.

더 알아보기

◆ 박인로의 「오륜가」 중 부부와 붕우 간의 공경을 노래한 시조는 아래
와 같다.

(1) 「오륜가」 중 '부부유별'

　　　夫婦(부부)을 重(중)튼 흔들 情(정)만 重케 가질 것가

　　　禮別(예별) 업시 居處(거처)ᄒ며 恭敬(공경) 업시 조흘소냐

　　　一生(일생)애 恭待如賓(공대여빈)을 冀缺(기결) 갓치 ᄒ오리라

풀이

　　　부부를 중요하다 한들 정만 중하게 가질 것인가?

　　　예의 분별 없이 지내며 공경 없이 좋을소냐?

　　　평생에 손님 대하듯 공경하기를 기결같이 하리라.

여기에서 기결(冀缺)은 중국 춘추 시대 사람으로, 그가 밭일을 하고 있
을 때 새참을 가져온 아내를 귀한 손님을 맞이하듯이 공경했다고 한다.

(2) 「오륜가」 중 '붕우유신'

　　　벗을 사괼딘딘 有信(유신)케 사괴리라

　　　信(신) 업시 사괴며 恭敬(공경) 업시 지닐소냐

　　　一生애 久而敬之(구이경지)을 始終(시종) 업게 ᄒ오리라

풀이

벗을 사귈진댄 믿음 있게 사귀리라.

믿음 없이 사귀며 공경 없이 지낼 건가?

평생에 끝까지 공경함을 변함없이 하리라.

한자 익히기

仔(자) : 자세하다, 세밀하다

細(세) : 가늘다, 자세하다, 미미하다, 적다, 작다, 드물다, 소인

感(감) : 느끼다, 감동하다, 감응하다, 마음이 움직이다, 고맙게 여기다, 깨닫다

激(격) : 심하다, 빠르다, 세차다, (물결이) 부딪쳐 흐르다, (심하게) 흐르다

感激(감격) : 깊고 강하게 감동하는 것

文(문) : 문장, 글월, 어구, 서적, 무늬, 채색, 학문이나 예술

字(자) : 글자, 문자

拙(졸) : 어리석다, 졸렬하다, 둔하다, 질박하다, 수수하다

誠(성) : 정성, 진실, 참으로, 참되게 하다, 삼가다, 공경하다, 자세하다

敬(경) : 공경, 삼가다, 절제하다, 훈계하다, 예의바르다

熟(숙) : 익다, 익히다, 여물다, 익숙하다, 정통하다, 면밀하게, 상세히, 깊이

讀(독) : 읽다, 이해하다, 세다, 계산하다, 구절, 읽기

詳(상) : 자세하다, 상서롭다, 다하다, 공평하다, 모조리

味(미) : 맛, 기분, 취향, 뜻, 의의, 맛보다, 맛들이다

不(불, 부) : 아니다, 아니하다, 못하다, 없다, 말라(금지의 뜻)

無(무) : 없다, 아니다, 말다, 금지하다, 하지 않다

一(일) : 하나, 첫째, 오로지, 모든, 잠시, 한번

助(조) : 돕다, 거들다, 유익하다, 도움, 원조

언충신 행독경ᄒ고

김광욱(金光煜)

言忠信(언충신) 行篤敬(행독경)ᄒ고 酒色(주색)을 삼가ᄒ면
내 몸에 病(병) 업고 남 아니 무이ᄂ니
行(행)ᄒ고 餘力(여력)이 잇거든 學文(학문)조차 ᄒ리라

[출전 : 『청구영언』]

어휘 풀이

言忠信(언충신) 行篤敬(행독경) : 『논어』에 나오는 말로, '말이 충실하고 믿음직스
러우며 행실이 돈독하고 경건하다'는 뜻

酒色(주색) : 술과 여자를 아울러 이르는 말. 나아가 유흥에만 몸과 마음을 탕
진하는 것을 가리킴

무이ᄂ니 : 미워하니. 옛 한글의 기본형은 '무이다'·'믜다'·'뮈다'로, '미워하다'라
는 뜻

餘力(여력) : 여력, 남는 힘

學文(학문) : 『서경』·『시경』·『주역』·『춘추』·『예기(禮記)』 등과 같은 유교 경전
을 배우고 익힘. 학문과 작문

* 學問(학문) : 어떤 분야를 체계적으로 배워 익힘

작품 해설

이 시조를 현대어로 풀이하면 다음과 같다.

　　말이 충실하고 행동이 돈독하며 주색을 삼가면

내 몸에 병이 없고 남이 아니 미워하니

이를 행하고도 남는 힘이 있거든 학문까지 하리라.

초장에서는 『논어』를 인용하여, 말과 행동을 충실하고 경건하게 하며, 함부로 유흥에 몸을 내맡기지 말 것을 당부하고 있다. 만약 이처럼 조심한다면 내 몸은 건강을 지킬 것이며, 나아가 남들로부터도 미움을 받지 않을 것이라고 하였다. 그리고 종장에서는 다시 『논어』를 인용하여 학문에 힘쓸 것을 다짐하고 있다.

이 시조에는 어지러운 세상을 헤쳐 나가려는 지은이의 의지와 정신이 잘 드러나 있다. 특히 한국 전통의 선비사상에서 찾아볼 수 있는 수양적 성찰을 느낄 수 있다. 함부로 욕망에 휘둘리지 않고 항상 경건하게 수양을 쌓아 나가는 것, 이것이 바로 한국의 선비정신이요, '경'의 사상이다. 현대를 살아가는 우리도 역시 마찬가지다. 지금 이 순간에도 성공한 사람들이 말과 행동을 삼가지 않아 화를 입는 경우를 자주 보지 않는가? 일순간의 쾌락에 빠진다면 결국 내가 얻는 것은 무엇이겠는가? 옛 지혜를 오늘에 되살리는 것이 절실하게 요구된다. 참고로, 지은이가 성석린(成石璘)으로 되어 있는 판본[원류계각본(源流系各本)]도 있다.

이 시조의 배경이 되는 시대는 선조에서 광해군을 거쳐 인조에 이르는 시기이다. 장손이 아니었음에도 왜란의 와중에 세자에 책봉되었기에, 광해군은 즉위 초부터 정통성 문제에 시달리자, 왕의 자리를 지켜 내기 위해 몸부림을 쳤다. 광해군을 쫓아내고 왕위에 오른 인조도 역시 청나라와의 전쟁에서 패하면서 역사상 유례없는 치욕을 당하게 된다. 아울러 정권을 놓고 북인과 서인 간의 당쟁이 첨예화하였다. 이 시조에는 이런 어지러운 시대를 올바르게 살아가고자 하는 지은이의 의지가 뚜렷이 투영되어 있다.

지은이 소개

김광욱(金光煜, 1580~1656년)은 조선 후기의 문신으로, 본관은 안동, 자는 회이(晦而), 호는 죽소(竹所)이다.

1606년(선조 39년)에 진사시에 장원으로 합격하였고, 같은 해에 증광문과에 병과로 급제하여 예문관 검열이 되었다. 이어서 1611년(광해군 3년)에 정언(正言)이 되었으며, 후에 도승지·병조참판·호조참판 등 여러 관직을 지냈다. 문예와 글씨에 뛰어났다고 한다. 저서로는 『죽소집』이 있다. 시호는 문정(文貞)이다.

그는 효성스럽고 우애로운 성품을 타고났다고 한다. 가족을 화합시키면서도 법도가 있어서 자식들이 잘못을 저지르더라도 큰소리로 꾸짖지 않았고, 온화하게 타일러 스스로 잘못을 고치게 하였다. 부모상을 당했을 때는 밤에도 곡을 하면서 60세에 가까운 나이에도 예에 맞게 치렀다고 한다. 평생 동안 신중하고 과묵하여 남의 과실을 말하는 일이 없었다고 한다.

더 알아보기

◆ 이와 관련된 작품으로는 박인로(朴仁老)의 「오륜가」가 있다.

言忠(언충) 行篤(행독)ᄒ고 벗 사고기 삼가오면

내 몸애 辱(욕) 업고 외다 ᄒ 리 적거이와

진실로 삼가지 못ᄒ면 辱及其親(욕급기친) ᄒ오리라

풀이

말이 충실하고 행동이 돈독하며 벗 사귀기를 삼가면
내 몸에 욕됨이 없고 그르다 할 이 적겠지만
진실로 삼가지 못하면 욕됨이 부모에게 미치리라.

[출전 : 『노계선생문집』]

◆ **행하고 남는 힘이 있으면 학문을 한다.** [『논어』「학이」]

공자가 말하였다. "제자는 집에 들어와서는 효도하고, 밖에 나가서
는 공손하며 삼가고 미덥게 하며, 널리 사람들을 사랑하되 어진 사람
과 친해야 하고, 행하고서 남는 힘이 있으면 글을 배워야 한다."

공자는 제자들을 지목하여 말하였지만, 사실 이 말은 제자뿐만 아니라
모든 자식과 아우 된 사람들이 지녀야 할 태도를 말한 것이다.

행하고 남는 힘이 있으면 글을 배우라는 말은, 여유가 생기면 학문도
하라는 소극적인 자세를 일컫는 말이 아니다. 공자는 학문 그 자체를 온
몸으로 사랑한 사람이었다. 그럼에도 여기에서 학문보다 행실을 앞에 두
고 있는 까닭은, 그만큼 인간으로서의 올바른 행실이 중요하기 때문이다.
사람이면 우선 올바르게 행동하라, 그리고 진리 추구에 힘써라, 이것이 공
자가 하고 싶은 말이었을 것이다.

◆ 이와 관련된 속담으로, "주색잡기에 패가망신 안 하는 놈 없다."라는
말이 있다. 이 말은 술과 여자, 노름과 유흥에 빠지면 자신과 집안을 망치

게 된다는 뜻으로, 좋지 못한 행실을 삼가라고 경고하는 내용이다.

한자 익히기

言(언) : 말, 말씀, 말하다

忠(충) : 충성, 진실, 진심, 한마음

信(신) : 진실, 믿다

行(행) : 가다, 나아가다, 행하다, 일하다, 쓰다, 베풀다

篤(독) : 도탑다, 굳다, 인정이 많다, 오로지

酒(주) : 술

色(색) : 색, 빛, 얼굴빛, 색채, 형상, 예쁜 용모, 여색

病(병) : 병, 질병, 하자, 근심

行(행) : 가다, 나아가다, 행하다, 일하다, 쓰다, 베풀다

餘(여) : 남다, 남기다, 나머지, 여가, 여분

力(력) : 힘, 힘쓰다

學(학) : 배우다, 공부하다, 흉내내다, 학교, 학파, 학자, 학문

文(문) : 글, 문자, 문서, 책, 채색, 빛깔, 무늬, 학문, 조리, 법도

너도 형제로고

효종(孝宗)

너도 兄弟(형제)로고 우리도 兄弟로다
兄友(형우) 弟恭(제공)은 브를 쩌이 업거니와
너희는 與天地無窮(여천지무궁)이니 그를 부러 ㅎ노라

[출전 : 『해동가요』 12]

어휘 풀이

형제로고 : 형제이고. 옛 한글의 '~로고'는 연결어미인 '~이고'의 뜻
兄友弟恭(형우제공) : 형은 아우를 사랑하고 아우는 형을 공경함
브를 쩌이 : 부러울 것이. 옛 한글의 '쩟'은 현대어의 '것'에 해당한다. 옛 한글에
　　서는 'ㄹ'받침 다음에 '것'이 오면 '쩟'으로 표기하였다.
與天地無窮(여천지무궁) : 천지와 함께 끝이 없다. '여(與)'는 '~과 함께'라는 뜻

작품 해설

이 시조를 현대어로 풀이하면 다음과 같다.

너도 형제이고 우리도 형제로다.
형은 우애하고 아우는 공경하는 것은 부러울 것 없거니와
너희는 천지와 무궁하니 그를 부러워하노라.

봉림대군은 형인 소현세자와 함께 청나라에 끌려가 온갖 고초를 겪었

다. 그런데 소현세자는 조선으로 돌아와 한 달도 안 되어 죽고 말았다. 이에 봉림대군이 왕이 되었는데, 그가 바로 효종이다. 이 시조에서 '너'·'너희'는 구체적으로 누구인지 잘 드러나지는 않는다. 다만 이종검의 「형제암가」 등을 미루어 형제바위가 아닐까 추측된다. '여천지무궁'이란 '천지와 더불어 끝이 없다'는 뜻이기 때문에, 형제바위를 묘사한 말인 듯하다. 아마도 형제바위를 본 효종이 형인 소현세자를 그리워하며 지었을 것이다. 일찍 세상을 떠난 형에 대한 효종의 공경심과 슬픔이 느껴진다.

효종이 즉위한 때는 임진왜란과 병자호란을 겪은 지 얼마 안 되어, 경제적·사회적·문화적으로 매우 어려운 시기였다. 이에 효종은 청나라에게서 당한 치욕을 씻고자 북벌정책을 실시하는 한편, 조선의 부흥을 위해 노력하였다. 비록 북벌은 실패로 돌아갔지만, 그의 노력에 힘입어 조선은 다시 일어서게 되었다.

지은이 소개

효종(孝宗, 1619~1659년)은 조선의 제17대 왕으로, 1649년부터 1659년까지 재위하였다. 인조의 둘째아들로, 본명은 이호(李淏), 자는 정연(靜淵), 호는 죽오(竹梧)이다.

1619년 5월 22일에, 서울 경행방 향교동(현재 서울 종로3가 부근)에서 태어나, 1626년(인조 4년)에 봉림대군에 봉해졌다.

1636년의 병자호란 때 조선이 굴욕적으로 항복하고, 이듬해에 형인 소현세자와 함께 청나라에 볼모로 잡혀갔다. 그 후 1645년 2월에 소현세자가 조선으로 먼저 돌아왔는데, 그 해 4월에 세자가 갑자기 죽었기 때문에, 봉림대군은 5월에 돌아와서 9월 27일에 세자에 책봉되었다. 그리고 1649

년에 인조가 세상을 떠나자 창덕궁에서 즉위하였다.

효종은 오랫동안 청나라에 머무르면서 많은 고생을 했으므로, 조국이 당한 치욕을 씻기 위해 북벌계획을 강력히 추진하였다. 그러나 국제정세는 이미 북벌을 감행할 수 있는 여건이 아니었고, 이를 뒷받침할 재정 또한 크게 부족하였다. 따라서 효종은 병란으로 흐트러진 경제를 다시 확립하려고 많은 노력을 기울였다. 결국 북벌의 꿈을 실현하지 못한 채 1659년 5월 4일에 41세를 일기로 창덕궁에서 승하했다. 시호는 선문장무신성현인대왕(宣文章武神聖顯仁大王)이며, 묘호(廟號)는 효종이다. 능호는 영릉으로, 경기도 여주군 능서면 왕대리에 있다.

더 알아보기

◆ 이와 유사한 내용을 읊은 시조로는 이종검의 「형제암가」라는 작품이 있다.(119쪽 참조)

한자 익히기

與(여) : 더불다, 참여하다, 함께, 간여하다, 인정하다, 돕다
天(천) : 하늘, 제왕, 천자, 임금, 자연, 천체의 운행, 타고난 천성, 아버지, 남편
地(지) : 땅, 대지, 곳, 장소, 영토, 국토
無(무) : 없다, 아니다, 말다, 금지하다, 하지 않다
窮(궁) : 다하다, (극에) 달하다, 궁하다, 이치에 닿지 아니하다, 외지다, 궁벽하다
無窮(무궁) : 시간이나 공간이 끝이 없음

말슴을 글희여 내면

낭원군(朗原君)

말슴을 글희여 내면 결올 일이 바히 업고
無逸(무일)을 죠하 ᄒ면 貪欲(탐욕)인들 이실소냐
一毫(일호)ㅣ나 밧긔 일ᄒ면 헷 工夫(공부)인가 ᄒ노라

[출전 : 『청구영언』]

어휘 풀이

글희여 : 가리어. 옛 한글의 기본형은 '글희다'

결올 : 겨룰, 다툴. 옛 한글의 기본형은 '겨로다'

바히 : 전혀

無逸(무일) : 안일하지 않음, 태만하지 않음

이실소냐 : 있겠느냐

一毫(일호)ㅣ나 : 털끝만큼이라도. '일호'는 가느다란 털 하나를 가리킴

밧긔 : 밖의

工夫(공부) : ① 수단을 강구함, 여러모로 생각함 ② 정신의 수양·의지의 단련을 위해 힘쓰는 일 ③ 배운 것을 연습함

작품 해설

이 시조를 현대어로 풀이하면 다음과 같다.

말을 가려서 하면 다툴 일이 전혀 없고

나태하지 않음을 좋아하면 탐욕인들 있을소냐.

털끝만큼이라도 다른 일을 하면 헛공부인가 하노라.

초장에서는 말을 조심할 것을, 중장에서는 나태하지 말 것을, 종장에서는 자신의 학문에 집중할 것을 이야기하고 있다. 일상생활 속에서 '경'·공경'의 정신과 태도를 어떻게 실현할 것인가를 보여준다.

지은이 소개

낭원군(朗原君, 1640~1699년)은 조선 중기의 왕족 출신 가객으로, 본명은 이간(李偘), 자는 화숙(和叔), 호는 최락당(最樂堂)이다. 선조의 손자인 인흥군(仁興君)의 아들이며, 효종의 당숙이다. 학문에 조예가 깊고, 시문에 뛰어났다고 한다. 「산수한정가(山水閑情歌)」·「애국도보가(愛國圖報歌)」·「자경가(自警歌)」 등의 가사를 지었다고 하는데 전해지지는 않고 있으며, 시조 30여 수가 전해진다. 그 중 20수는 『청구영언』(진본)에, 나머지 10수는 여러 시조집들에 분산되어 실려 있다.

형인 낭선군(朗善君)과 함께 글씨를 잘 썼는데, 송광사사원사적비(松廣寺嗣院事蹟碑)·백련사사적비(白蓮寺事蹟碑) 등에 글을 남겼다.

더 알아보기

◆ '무일(無逸 : 나태하지 않음)'에 대하여

삼경(三經) 중의 하나인 『서경(書經)』에는 「무일(無逸)」편이 있다. 주나라를 세우고 그 기반을 닦은 주공(周公)이 성왕(成王)과 그 신하들에게 편안함을 추구하여 나태해지지 않도록 당부하는 내용이다. 몇 구절을 보자.

주공이 말하였다. "아아! 군자는 나태하지 않음[無逸]을 본분으로 삼습니다. 먼저 심고 수확하는 농사의 어려움을 알고 나서 편안히 쉰다면, 백성들의 아픔을 알 것입니다."

주공이 말하였다. "아아! 제가 들으니 옛날 은나라 왕 중종은 엄숙하면서도 공손하며, 공경하고 두려워할 줄 알아 천명으로 스스로 다잡았으며, 백성을 다스릴 때에도 공경하고 두려워하여 감히 게으르거나 편안함만을 추구하지 않으셨습니다. 그래서 중종이 나라를 다스린 것이 75년이었습니다. ……그 뒤로 즉위한 왕들은 태어나면서부터 나태했습니다. 태어나면서부터 나태하고 편안함만을 추구했기 때문에, 농사짓는 어려움을 알지 못하며, 백성들의 노고를 듣지 못하고, 오로지 즐거움만을 탐하였으니, 이때부터는 아무도 장수하지 못하고, 길어야 10년, 때로는 7~8년, 혹은 5~6년 혹은 3~4년이었습니다."

한국을 비롯한 중국·일본 등 동아시아 사회는 고대로부터 농경생활을 해왔다. 농경에 종사하는 사람들이 나태하고 게으름만 부린다면 어떻게 될까? 보나마나 굶게 될 것이다. 직접 일을 해봄으로써 농사가 얼마나 힘든지 알고, 나태한 자신을 경계하며 두려워하고 열심히 노력하는 것은 임금에게도 요구되는 덕목이었다. 여러분들이여! 나태하게 지내지 마라. 옛 선인들의 지혜가 이렇게 말한다.

한자 익히기

逸(일) : 편안하다, 잃다, 없어지다, 달아나다, 그르치다, 편안, 실수, 잘못
貪(탐) : 탐내다, 탐하다, 바라다, 자초하다, 탐, 탐욕

欲(욕) : 하고자 하다, 바라다, 욕심, 욕망

毫(호) : 가는 털, 조금, 가늘다, 붓의 촉

工(공) : 장인, 기교, 솜씨, 공업, 관리, 악인(樂人), 음악을 연주하는 사람

夫(부) : 지아비, 사내, 장정, 군인

져무니 어룬 뫼셔

낭원군

져무니 어룬 뫼셔 간 듸마다 츠례곳 알면
無知(무지)혼 愚氓(우맹)들도 아니 아지 못ᄒ려니
ᄒ믈며 人倫(인륜)을 알려 ᄒ면 이 아니코 어이리

[출전 : 『청구영언』]

어휘 풀이

져무니 : 젊은이. 옛 한글의 기본형은 '졈다'
듸 : 곳
츠례곳 : 차례만. '~곳'은 '~만'의 뜻으로, 강세조사
愚氓(우맹) : 어리석은 백성
人倫(인륜) : 사람이 지켜야 할 도리
아니코 : 아니하고. 옛 한글의 기본형은 '아니ᄒ다'

작품 해설

이 시조를 현대어로 풀이하면 다음과 같다.

젊은이가 어른을 모셔간 곳마다 차례만 알면
무지한 무지렁이도 아니 알지 못하려니
하물며 인륜을 알려 하면 이를 아니하고 어쩌겠는가?

젊은이가 어른을 공경할 것과 인륜을 알아야 한다는 것을 이야기하고 있다. 공경의 시작은 차례를 아는 것이다. 모든 젊은이들이 어른을 공경하여 양보한다면, 아무리 어리석은 사람이라도 이를 보고 깨닫게 될 것이다. 인륜은 더 말할 필요도 없다.

지은이 소개

앞 편과 동일(175쪽 참조)

더 알아보기

◆ '인륜'에 대하여

『맹자』「등문공 상」에서는 인륜에 대하여 아래와 같이 말하고 있다.

"상(庠)·서(序)·학(學)·교(校)를 설치하여 백성들을 가르쳤으니, 상은 봉양한다는 뜻이고, 교는 가르친다는 뜻이며, 서는 활쏘기를 익힌다는 뜻이다. 하(夏)나라에서는 교라 하였고, 은(殷)나라에서는 서라 하였고, 주(周)나라에서는 상이라 하였으며, 학은 삼대가 이름을 함께 하였으니, 이는 모두 인륜을 밝히는 것이었다. 위에 있는 임금이 인륜을 분명하게 밝히면, 아래에 있는 평민들이 서로 친하게 지내는 미풍이 생긴다."

또한 인륜의 중요성에 대해 『관자』「팔관(八觀)」에는 다음과 같이 기록되어 있다.

"좋은 밭을 전사(戰士)에게 나누어주지 않고 3년이 지나면 군대가 약해지고, 상벌에 신뢰가 없어지며, 5년이 지나면 나라가 파괴되고, 고위 관리가 벼슬과 작위를 팔아먹으며, 7년이 지나면 나라가 쇠망하고, 군주가 인륜을 거스르며 금수 같이 행동하여, 10년이 지나면 나라가 멸망하여 없어진다."

한자 익히기

愚(우) : 어리석다, 우직하다, 고지식하다, 자기의 겸칭, 어리석은 사람
氓(맹) : 백성, 서민
倫(륜, 윤) : 인륜, 도리, 윤리, 차례, 순차, 동등

공맹과 양묵과 밧이

김천택(金天澤)

孔孟(공맹)과 楊墨(양묵)과 밧이 方寸(방촌)일 듯 ᄒ것만은
나종 엇은 거슨 楚越(초월)이 되엿는이
眞實(진실)로 이즈음 生覺(생각)ᄒ여 브듸 操心(조심)ᄒ시소

[출전:『해동가요』(주씨본)]

어휘 풀이

孔孟(공맹) : 공자와 맹자. 유교의 성인을 가리킴

楊墨(양묵) : 양주와 묵적. 이단의 학설을 주장한 사람을 가리킴

밧이 : 사이. 옛 한글에서는 'ᄉ이', 'ᄊ이' 등으로도 쓰였음

方寸(방촌) : 사방 한 치의 넓이. 아주 가까운 사이를 일컫는 말로 쓰였음. 사람
의 마음은 가슴속 사방 한 치의 넓이에 깃들어 있다는 뜻으로, '마음을 가
리키는 말로도 쓰임

楚越(초월) : 중국 춘추 시대의 초나라와 월나라. 서로 떨어져 있어 상관이 없는
사이. 여기에서는 멀리 떨어져서 아주 다름을 일컫는 의미로 사용되었음

브듸 : 부디

操心(조심) : 잘못이나 실수가 없게 말과 행동, 태도 등에 마음을 씀

작품 해설

이 시조를 현대어로 풀이하면 다음과 같다.

공맹과 양묵 사이는 한 치밖에 안 될 듯하나

나중에 얻은 것은 초나라와 월나라 같이 달라졌으니

진실로 이 사이를 생각하여 부디 마음을 잡으시오.

출발할 때 방향이 약간 어긋났음에도 바로잡지 않고 계속 간다면, 마지막에는 초나라에 가야 하는데 월나라에 도착하게 된다. 초장과 중장에서는 유교의 성인인 공자·맹자와 유교의 이단설을 주장한 양주·묵적을 내세워, 누구를 따르느냐에 따라 그 결과가 초나라와 월나라의 차이만큼이나 달라진다는 것을 비유하여 이야기하고 있다. 종장에서는 항상 신중하게 생각하고, 마음을 다잡아서 올바른 길을 갈 것을 권계하고 있다.

지은이 소개

김천택(金天澤, 생몰년 미상)은 조선 숙종·영조 때의 가인이다. 자는 백함(伯涵) 또는 이숙(履叔), 호는 남파(南坡)이다. 본관은 알려져 있지 않다. 생몰연대도 정확하게 알 수는 없지만, 대략 1680년대 말에 출생한 것으로 추정된다. 『고금창가제씨(古今唱歌諸氏)』에 수록되어 있는 이름의 나열 순서를 보면, 김수장보다 몇 살 많은 것으로 짐작되기 때문이다. 김수장의 출생 연도가 1690년(숙종 16년)이므로, 김천택의 출생은 1680년대라고 생각된다. 김천택의 가계와 신분에 대해서도 자세히 알려져 있지 않다. 당시 가객들의 신분이 그러했듯이, 그도 역시 중인 계층이었다. 더구나 젊은 시절에 잠시 관직에 있었던 것을 제외하면, 평생토록 벼슬을 하지 않고 가인·가객으로 지낸 것 같다.

그의 시조 작품들은 『청구영언』(진본)에 30수, 『해동가요』(주씨본)에 57수가 수록되어 있는데, 중복되는 것을 제외하면 73수이다. 박씨본 『해동가요』에서 새로운 작품이 발견되기도 했다. 이를 모두 합하면 약 80수 정도이므로, 당시의 가객으로서는 김수장 다음으로 많은 작품을 남긴 셈이다. 장시조는 하나도 없으며, 모두가 단시조 작품이다.

1728년(영조 4년)에 『청구영언』을 편찬하여 시조 역사에 획기적인 업적을 이루었으며, 후대에까지 가악의 발달과 가집의 편찬에 큰 영향을 주었다.

더 알아보기

◆ 맹자의 양주·묵적 비판

양주와 묵적은 중국 고대 전국 시대에 활동하던 사상가들이다. 이들은 이단의 사상가를 대표하는데, 그 까닭은 맹자가 그들의 학설을 이단의 사악한 학설로 여겨 비판했기 때문이다. 맹자의 비판을 살펴보자.

"공자 사후, 성인이 나타나지 않자 제후들은 제멋대로 행동하였다. 민간의 학자들도 제멋대로 논의를 펼쳐, 양주나 묵적 등의 언설이 온 천하의 공감을 얻고 있었다. 즉 천하의 언론은 양주의 견해에 찬성하거나, 그렇지 않다면 반드시 묵적의 견해에 찬성하는 상황이었다. 그런데 양주가 설파하는 것은 자신만을 위한다는 위아주의(爲我主義)여서 군주를 위한다는 생각은 조금도 없으니, 이는 군주를 무시하는 것이다. 또한 묵적은 자신의 부모와 남의 부모를 똑같이 사랑하라는 겸애주의(兼愛主義)여서, 자신의 부모를 특별하게 여기지 않으니 마치 부모가 없는 것과 같다. 부모가 없고 군주가 없다면, 이것은 금수와 다를 바 없다. ……양주와 묵적의 도가 그치지 않으면, 공자의 도는 나타나지 않는다. 이는 사악한 말이 백성들을 속여서 인의(仁義)의 도를 막아 행해지지 않게 하기 때문이다. 인의의 도가 막히면 짐승을 내몰아 사람을 잡아먹게 할 것이며, 마침내는 사람과 사람이 서로 잡아먹게 될 것이다."[『맹자』「등문공 하」]

맹자가 말하였다.

"양주는 자신만을 위한다는 위아주의를 취하니, 터럭 하나를 뽑아 천하를 이롭게 할지라도 하지 않는다. 묵자는 모두를 똑같이 사랑하자는 겸애주의를 취하니, 이마를 갈아서 발뒤꿈치에 이를지라도 천하를 이롭게 한다면 이를 행한다."[『맹자』「진심(盡心) 상」]

한자 익히기

楊(양) : 버들, 버드나무, 성(姓)의 하나
墨(묵) : 먹, 형벌의 종류, 묵가의 학파
方(방) : 모, 네모, 방위, 방향
寸(촌) : 마디, 치(길이의 단위), 조금, 약간, 헤아리다
楚(초) : 초나라, 회초리, 우거진 모양
越(월) : 넘다, 초과하다, 경과하다, 지나가다, 빼앗다, 월나라
眞(진) : 참, 진리, 진실, 본성, 참으로, 진실로, 진실하다
實(실) : 열매, 씨, 종자, 공물 내용, 바탕, 본질
生(생) : 낳다, 살다, 기르다, 자기의 겸칭, 날것(익히지 않은 것)
覺(각) : 깨닫다, 드러내다, 밝히다, 터득하다, 선각자
操(조) : 잡다, 쥐다, 부리다, 장악하다, 단련하다
心(심) : 마음, 뜻, 의지, 생각, 심장, 근본, 본성, 가운데, 중앙

인심도심(人心道心)

안창후(安昌後)

道心(도심)은 惟微(유미)ᄒ고 人心(인심)은 惟危(유위)ᄒ니

惟精(유정) 惟一(유일)이라사 允執厥中(윤집궐중) ᄒ오리라

진실노 이 말슴 體得(체득)ᄒ면 聖賢同歸(성현동귀) ᄒ오리라

[출전 : 『한설당유고(閒說堂遺稿)』 「한설이십오병시가(閒說二十五幷詩歌)」]

어휘 풀이

道心(도심) : 인간의 선한 본성에 근거하는 마음. 언제나 선하다.

惟微(유미) : 작고 미미함

人心(인심) : 인간의 육체적 측면에 근거하는 마음. 선할 수도 있고 선하지 않을
수도 있다.

惟危(유위) : 위태롭다, 위험하다

惟精(유정) : 매우 정밀하다

惟一(유일) : 언제나 한결같다, 균일하다

允執厥中(윤집궐중) : 진실로 그 중도를 잡아서 지킴

말슴 : 말씀

體得(체득) : 체험하여 진리를 터득함, 몸소 경험하여 알아냄

聖賢(성현) : 성인과 현인. 혹은 성현 그 자체가 성인의 뜻으로도 쓰임

同歸(동귀) : 함께 돌아오다

작품 해설

이 시조를 현대어로 풀이하면 다음과 같다.

도심은 미미하고 인심은 위태로우니

오직 정밀하고 일관해야 그 중도를 잡으리라.

진실로 이 말씀 체득하면 성현과 함께 돌아오리라.

초장과 중장에서는 사람들이 지녀야 할 올바른 자세를 설명한 『서경』의 구절을 인용하였다. 도심은 선한 본성에서 나오지만 작고 미미하여 실천하기 어렵고, 인심은 신체적 욕구에서 생기기 때문에 나쁜 유혹에 빠지기 쉬워서 위태롭다. 따라서 세세한 부분까지 올바로 행동할 수 있도록 노력하고, 한결같이 변하지 말아야 한다. 종장에서는 이러한 경전의 말씀을 몸으로 익히면 성인도 될 수 있다고 제시한다. 항상 흐트러짐 없이 몸과 마음을 삼가고 수양하는 선비정신을 느낄 수 있다.

지은이 소개

안창후(安昌後, 1687~1771년)는 조선 후기의 문인으로, 자는 계중(繼仲), 호는 한설당(閒說堂)이다. 전라남도 보성 출신이며, 아버지는 안세헌(安世獻)이다.

효성과 학문으로 명성이 높아 유림의 포상 천거를 받았으나, 벼슬에는 뜻이 없어 평생 동안 한설당에서 시와 문장을 창작하며 지냈다.

1747년(영조 23년)에 연시조 24수와 가사 1편을 짓고, 같은 제목의 한시문을 지었다. 이 연시조는 유교 도덕을 기반으로 하는 자신의 생활윤리를 표현한 내용이다. 이른바 호남 가단의 중심지였던 담양·장성의 인물들은 많은 국문 시가를 지었는데, 보성의 안창후 집안에까지 그 영향을 끼쳤던 것 같다. 그가 남긴 시조 24수에는 저마다 소제목을 붙였고, 가사에도

「명분설(名分說)」이라는 소제목을 붙였다. 저서로는 문집인 『한설당유고(閒說堂遺稿)』가 있다.

더 알아보기

◆ 인심(人心)과 도심(道心)을 시어로 사용한 다른 시조로는 김천택(金天澤)의 다음 작품이 있다.

人心은 惟危(유위)ᄒ고 道心은 惟微(유미)ᄒ야
漢唐宋(한당송) 千百年來(천백년래)에 鷄犬(계견)ᄀ치 더져두고
至今(지금)히 ᄎ즐 이 업슨이 그를 슬허ᄒ노라

[출전 : 『해동가요』(주씨본)]

풀이

인심은 위태롭고 도심은 미미하여
한당송 천백 년 동안 개나 닭 같이 던져두고
지금에 찾을 이 없으니 그를 슬퍼하노라.

◆ 『서경』 속의 인심과 도심

이 시조에 나오는 도심과 인심이라는 시어는 삼경 중 하나인 『서경』에 나오는 구절을 인용한 것이다. 전설의 성왕인 순임금이 자신의 천자(天子) 지위를 우에게 양위면서 한 말 중에 바로 인심과 도심에 관한 구절이 있다.

제왕 순이 말하였다. "오너라! 우여! 홍수가 나에게 조심할 것을 경계하였는데, 이를 참되고 성공적으로 만든 것은 너의 현명함 때문이로

다. 또한 나라에서 근면하게 노력하고 집안에서 검소하여, 스스로 가득 찼다고 혹은 크다고 자만하지도 않은 것도 너의 현명함 때문이다. 네가 자랑하지 않지만 천하에 그 누구도 너와 더불어 능력을 다투지 못하고, 네가 자랑하지 않지만 천하에 그 누구도 너와 더불어 공을 다투지 못한다. 인심은 위태롭고 도심은 미미하니, 정밀하게 살피고 한결같이 일관해야 진실로 그 중도를 잡을 것이다."

◆ 성리학의 인심·도심설

유교에서는 인간의 마음을 두 가지로 나눈다. 즉, 모든 인간은 선한 본성에 근거하는 도심과 육체적 측면에 근거하는 인심을 가지고 있다는 것이다. 인·의·예·지라는 네 가지 덕(본성)에 근거한 도심은 언제나 선하지만, 육체적 욕구로 인해 생기는 인심은 선할 수도 있고 선하지 않을 수도 있다. 즉, 우물에 빠지려는 아기를 보고 불쌍한 마음이 들어 구해준다면, 이는 측은지심이 발동한 것으로, 도심이다. 반면 배가 고프면 밥을 먹고 싶은 마음이 든다. 이는 육체적 요건에 의한 것으로, 곧 인심이다. 먹고 싶은 욕구가 상황과 도리에 잘 맞으면 선한 결과로 이어지지만, 남의 것을 빼앗아 먹는다면 악한 결과를 낳게 된다. 인간이라면 누구나 도심을 가지고 있으며, 아무리 성인이라도 인간으로서 육체를 가지는 이상, 인심이 없을 수 없다.

인간은 학문과 수양을 통해 도심을 내 몸 전체의 주인으로 만들고, 인심이 언제나 도심의 명령을 따르도록 만들어야 한다.

한자 익히기

惟(유) : 생각하다, 사려하다, 오직, 오로지, 생각건대, 예(대답)

微(미) : 작다, 자질구레하다, 적다, 정교하다, 자세하다, 어렴풋하다, 없다

危(위) : 위태롭다, 불안하다, 두려워하다, 불안해하다

精(정) : 깨끗하다, 정성스럽다, 뛰어나다, 총명하다

一(일) : 하나, 첫째, 오로지, 모든, 잠시, 한번

允(윤) : 맏, 진실, 믿음, 마땅하다, 합당하다, 승낙하다, 허락하다

執(집) : 맡다, 가지다, 처리하다, 두려워하다, 사귀다, 벗, 동지

厥(궐) : 그, 그것

中(중) : 가운데, 안, 속, 사이, 마음, 몸, 신체

體(체) : 몸, 신체, 몸소, 친히, 형상, 체험하다, 체득하다

得(득) : 얻다, 손에 넣다, 만족하다, 고맙게 여기다, 깨닫다, 이르다, 이루어지다

聖(성) : 성인, 걸출한 인물, 거룩하다, 성스럽다

賢(현) : 어질다. 현명하다, 넉넉하다, 존경하다, 어진 사람

同(동) : 한가지, 무리, 함께, 같다, 합치다, 균일, 화합하다

歸(귀) : 돌아가다, 돌려보내다, 위임하다, 의탁하다, 마치다, 끝내다, 시집가다

와실은 부족흐나

김수장(金壽長)

蝸室(와실)은 부족ㅎ나 十景(십경)이 버러 잇고
四壁(사벽) 圖書(도서)는 主人翁(주인옹)의 心事(심사)로다
이 밧긔 군마음 업스 니는 낫 분인가 ㅎ노라

[출전 : 『해동가요(海東歌謠)』]

어휘 풀이

蝸室(와실) : '달팽이 집'이라는 뜻으로, 자기 집을 겸손하게 표현할 때 사용한다.
　　이 시조에서는 김수장 자신이 거처하던 방을 겸손하게 일컫는 말로 쓰였다.
십경 : 열 가지 경치. 여기에서는 김수장이 즐기던 열 가지 경치
사벽 도서 : 네 벽에 꽂혀 있는 서책
主人翁(주인옹) : 주인 영감. 여기서는 김수장 자신을 말함
밧긔 : 밖에
군마음 : 딴 마음. '군'은 '다른'·'딴'이라는 뜻
업스 니는 : 없는 이는, 없는 사람은

작품 해설

이 시조를 현대어로 풀이하면 다음과 같다.

　　누추하고 좁은 집은 부족하나 십경이 펼쳐져 있고
　　네 벽면에 꽂혀 있는 많은 서책은 늙은 주인의 마음이로다.

이밖에 딴 마음 없는 이는 나뿐인가 하노라.

김수장 시조의 경향은 크게 세 가지 계열로 나눌 수 있다. 첫째, 사대부나 양반들의 작품 경향을 따라 유교적인 내용을 다룬 것, 둘째는 서민들의 생활 감정을 적나라하게 노출한 것, 셋째는 가악 생활과 관련된 것들이다. 이 시조는 그 중 셋째의 경향에 속하는 것으로, 공명이나 부귀에는 아랑곳하지 않고 자신의 가악 생활에 긍지를 가지고 있는 모습을 보여준다.

초장에서는 속세에서 말하는 출세와는 거리가 멀지만 자신만의 경치를 즐기는 시인의 정신을 묘사하고 있다. 중장에서는 네 벽면에 가득한 책들을 통해 학문과 예술의 세계에 몰두하는 자신의 심경을 묘사하였다. 종장에서는 '주일무적', 즉 한 곳에 집중하여 허튼 곳에 정신을 팔지 않는 자신의 마음을 드러냄으로써, 김수장 시인 자신이 가지고 있는 정신세계를 표출하고 있다. '주일무적'으로 대표되는 '경'의 세계관이, 학문적 측면이 아닌 예술적 측면으로 묘사된 작품이라고 할 수 있겠다.

지은이 소개

김수장(金壽長, 1690~?)은 조선 후기의 가인이다. 완산(完山 : 지금의 전주) 출신으로, 자는 자평(子平)이고, 호는 노가재(老歌齋)이다. 관직 생활에는 관심이 없었던 듯, 숙종 때 병조에서 서리를 지낸 것이 그의 벼슬 경력의 전부이다. 그의 활동과 공적은 세 가지로 대표된다.

첫째,『해동가요(海東歌謠)』를 편찬한 것이다. 1746년(영조 22년)에『해동가요』를 편찬하기 시작하여, 1755년에 제1차 편찬 사업을 완료하고, 다시 고쳐 써서 1763년에는 제2차 편찬 사업을 완료하였다. 그 후에도 1770년에 이르기까지 고쳐 쓰기를 계속하였다. 완벽한 가집을 만들고자 했던 그의 집념을 엿볼 수 있다.

둘째, 그는 가단의 지도자로서, 가악의 발전과 후진을 양성하기 위해 노력하였다. 만년인 1760년에는 서울 화개동에 노가재를 짓고 제자들을 가르치는 등 가악 활동을 주도해 나갔다.

셋째, 그는 시조 작가로서 왕성한 창작활동을 하여, 김천택과 쌍벽을 이루었다. 작품 수도 많을 뿐만 아니라, 작품의 주제도 충효·안빈낙도와 같은 유가적인 것에서부터, 남녀 간의 애정·서민 생활·가단 생활 등에 이르기까지 다양하다. 총 129수의 작품을 남겼다.

그가 세상을 떠난 연도는 알 수 없지만, 80세이던 1769년(영조45년)까지 살아 있었다는 것은 확실하다.

더 알아보기

◆ 김수장이 말한 「한양의 열 가지 뛰어난 경치[十景]」

동령호월(東嶺皓月) : 동쪽 산봉우리의 밝은 달

서잠낙조(西岑落照) : 서쪽 봉우리의 해가 지는 모습

남루종명(南樓鐘鳴) : 남쪽 누각에서 울려오는 종소리

북악청풍(北岳淸風) : 북악산에서 불어오는 맑은 바람

경회송림(慶會松林) : 경회루의 소나무 숲

왕래백로(往來白鷺) : 날아서 오고가는 백로들

인봉조하(寅峰朝霞) : 산봉우리에 피어오르는 아침 안개

원촌모연(遠村暮煙) : 저녁에 먼 마을에서 피어오르는 굴뚝 연기

만곡화향(滿谷花香) : 골짜기마다 가득한 꽃향기

자가우금(自歌友琴) : 나의 노래와 친구의 거문고 연주

◆ 이 주제와 관련된 속담으로 "송충이가 갈잎을 먹으면 죽는다[떨어진다]."라는 말이 있다. 이는 즉 제 할 일은 안 하고 엉뚱한 마음을 먹었다가는 낭패를 본다는 것을 비유적으로 표현한 말이다.

한자 익히기

蝸(와) : 달팽이, 고둥

室(실) : 집, 건물, 거처

十(십) : 열 번, 전부, 일체, 완전, 열 배하다

景(경) : 볕(햇살, 햇볕), 경치, 풍광, 환하다, 빛나다, 경사스럽다, 상서롭다

四(사) : 넉, 넷, 네 번, 사방

壁(벽) : 담, 울타리, 벽을 쌓다, 굳게 지키다

圖(도) : 그림, 대책과 방법, 꾀하다, 그리다, 베끼다, 헤아리다, 계산하다

書(서) : 글, 글씨, 문장, 기록, 장부, 쓰다

主(주) : 임금, 주인, 우두머리, 당사자, 관계자

人(인) : 사람, 인간, 타인, 어른

翁(옹) : 늙은이(어른의 존칭), 장인, 시아버지

心(심) : 마음, 뜻, 의지, 생각, 심장, 근본, 본성, 가운데, 중앙

事(사) : 일, 직업, 재능, 관직, 벼슬, 부리다, 일삼다, 전념하다, 섬기다

인간에 흐는 말을

김수장

人間(인간)에 흐는 말을 하늘이 다 듯는이
暗室(암실)에 흐는 일을 鬼魂(귀혼)이 다 본으니
天老(천로)도 鬼老(귀로)도 안엿신이 마음 놋치 말와라

[출전 : 『해동가요(海東歌謠)』]

어휘 풀이

듯는이 : 듣느냐. 옛 한글에서 기본형은 '듯다'로, 현재의 '듣다[聞]'라는 뜻
暗室(암실) : 캄캄하고 사람이 없는 방
鬼魂(귀혼) : 귀신과 혼령
본으니 : 보느냐
天老(천로)도 鬼老(귀로)도 : 하늘도 귀신도
안엿신이 : 아니었으니
말와라 : 말라, 말아라

작품 해설

이 작품을 현대어로 풀이하면 다음과 같다.

사람이 하는 말을 하늘이 다 듣느냐.
암실에서 하는 일을 귀신이 다 보느냐.
하늘도 귀신도 아니었으니 마음 놓지 말아라.

내 말을 하늘이 듣고, 내 행동을 귀신이 보기 때문에 말과 행동을 삼가고 조심해야 하는가? 우리가 언제나 말과 행동을 삼가고 조심해야 하는 이유는 누군가에게 보이기 위해서가 아니다. 바로 나를 위해서이다. 혼자 있다고 아무렇게나 행동하며 자신 자신을 욕보이지 말라. 다른 누군가를 위해서가 아니라 나 자신에게 충실하자, 이렇게 권계하는 내용이다.

지은이 소개

앞 편과 동일(191쪽 참조)

더 알아보기

◆ 군자는 반드시 홀로 있을 때를 삼간다.

자신의 뜻을 성실히 한다는 것은 스스로를 속이지 않는 일이니, 나쁜 냄새를 싫어하는 것처럼 하며, 아름다운 색을 좋아하는 것처럼 하는 것이다. 이것을 일러 스스로 만족한다고 한다. 그러므로 군자는 반드시 그 홀로 있을 때 삼간다.

[출전 : 『대학』 「성의(誠意)」]

한자 익히기

暗(암) : 어둡다, 숨기다, 사리에 어둡다, 암송하다, 가만히, 남몰래 은밀히
室(실) : 집, 건물, 거처, 아내, 가족, 구덩이, 무덤, 장가들다
鬼(귀) : 귀신, 혼백, 도깨비
魂(혼) : 혼, 넋, 마음, 생각
天(천) : 하늘, 자연, 천체의 운행, 타고난 천성, 천자, 임금, 아버지, 남편
老(로, 노) : 늙다, 쇠하다, 노련하다, 늙은이

효자의 히올 일을

김수장

孝子(효자)의 히올 일을 曾子(증자)끠 뭇즈온대
曾子ㅣ ᄀᆞᄅᆞ샤대 事親(사친)은 敬之而已矣(경지이이의)라
敬之(경지)ᄒ고 餘力(여력)이 잇거든 學文(학문)ᄒ라 ᄒ시더라.

[출전 :『악부(樂府)』]

어휘 풀이

히올 : 할

뭇즈온대 : 물으니. '뭇+즈오+ㄴ대'의 구조. '즈오'는 겸양을 나타내는 보조어간

ᄀᆞᄅᆞ샤대 : 가라사대, 말씀하시기를. 옛 한글에서는 'ᄀᆞᆯ오샤ᄃᆡ'로도 썼음

사친(事親) : 어버이를 섬기다

경지이이(敬之而已) : 오직 공경하는 것뿐

학문(學文) : 『서경』·『시경』·『주역』·『춘추』·『예기』와 같은 유교 경전을 배우고
　　익힘

작품 해설

이 시조를 현대어로 풀이하면 다음과 같다.

　　효자가 해야 할 일을 증자께 물어보니
　　증자께서 이르기를 효는 오직 공경이라.
　　공경하고 남는 힘 있거든 학문하라 하시더라.

중자는 공자의 제자인데 효성이 지극하기로 유명했다. 지은이는, 자신이 중자를 만나, 중자에게 부모님을 섬기는 효도의 도리를 묻자, 중자는 오로지 부모님을 공경하는 것이라고 답하는 가상 상황을 묘사하고 있다. 그리하여 '공경'은 효도의 시작이자 끝임을 강조하고 있다. 조광조의 시조와 유사하다. 마지막으로 중자는 학문에 힘쓸 것을 당부하고 있는데, 이는 김광욱의 시조에서와 마찬가지이다. 학문을 통해 자신을 갈고 닦는 것 또한 효도의 길이다.

지은이 소개

앞 편과 동일(191쪽 참조)

더 알아보기

◆ 중자는 효성이 지극하기로 유명했는데, 『공자가어(孔子家語)』에는 다음과 같은 일화가 기록되어 있다.

중삼(중자의 본명)이 오이 밭에서 김을 매다가 실수로 오이의 뿌리를 잘라 버렸다. 아버지 증석(曾晳)이 화를 내며 큰 막대기를 들고 증삼의 등을 내려쳤다. 증삼은 실신하여 땅에 쓰러져서 한동안 사람을 알아보지 못했다. 한참 뒤 다시 정신이 들자 가뿐하게 일어나 아버지에게 다가가 말하였다.

"방금 제가 아버님께 죄를 지었을 때, 아버님께서는 힘을 써서 저를 훈계하셨습니다. 혹 병이 나시지는 않으셨는지요?"

그리고 물러나 자신의 방으로 들어가 거문고를 타면서 노래를 했다.

그 까닭은 아버지가 자신의 거문고 소리를 들으면, 아들이 다친 곳이 없다고 여길 것이라 생각했기 때문이었다.

나중에 공자가 이 이야기를 듣고 노여워하며 제자들에게 말하였다.

"증삼이 오더라도 들이지 말라."

증삼은 아무 잘못이 없다고 생각하고 사람을 통해 공자께 뵙기를 청하였다. 그러자 공자가 제자들에게 말하였다.

"너희들은 듣지 못하였느냐? 옛날 고수(瞽瞍)에게는 아들 순(舜)이 있었다. 순은 고수가 심부름을 시키고자 할 때면 늘 곁에 있었으나, 순을 죽이려 할 때에는 한 번도 찾아낼 수가 없었다. 작은 회초리의 매는 그대로 맞았지만 큰 지팡이로 때리려고 할 때면 도망쳐 버렸다. 그래서 고수는 아버지로서 아들을 죽이는 죄까지는 범하지 않았고, 순도 지극한 효를 잃지 않을 수 있었다. 지금 증삼은 아버지를 섬기면서 몸을 내맡김으로써 아버지가 노기를 폭발시키게 하였고, 죽음에 이를 수도 있었는데 피하지 않았으니, 잘못하다 죽어서 아버지를 불의하게 만들었다면 이는 그 불효함이 얼마나 큰 것이겠느냐? 너희들은 천자의 백성이 아니냐? 천자의 백성을 죽이게 되면 그 죄가 어떠한지 아느냐?"

증삼이 이를 전해 듣고 '나의 잘못이 크구나!'라고 깨달았다. 그리고 마침내 공자를 찾아가 사과드렸다.

◆ 이 작품과 유사한 내용의 시조들로는 다음과 같은 것이 있다.

(1) 言忠信(언충신) 行篤敬(행독경)ᄒ고 酒色(주색)을 삼가ᄒ면
내 몸에 病(병) 업고 남 아니 무ᄂ이니

行(행)ᄒ고 餘力(여력)이 잇거든 學文(학문)조차 ᄒ리라

[출전 : 『청구영언』, 김광욱(金光煜)]

풀이

언충신 행독경하고 주색을 삼가면

내 몸에 병 없고 남이 아니 미워하니

이를 행하고 여력이 있거든 학문조차 하리라.

(2) 言忠(언충) 行篤(행독)ᄒ고 벗 사고기 삼가오면

네 몸애 辱(욕) 업고 외다 ᄒ리 적거이와

진실로 삼가지 못ᄒ면 辱及其親(욕급기친) ᄒ오리라

[출전 : 『노계선생문집(蘆溪先生文集)』, 박인로(朴仁老)]

풀이

말이 충실하고 행동이 돈독하며 벗 사귀기를 삼가면

내 몸에 욕됨 없고 그르다 할 이 적겠지만

진실로 삼가지 못하면 욕됨이 부모에게 미치리라.

한자 익히기

事(사) : 일, 직업, 재능, 관직, 부리다, 일삼다, 전념하다, 섬기다

親(친) : 친하다, 가깝다, 사랑하다, 어버이, 친척

敬(경) : 공경, 예, 삼가다, 절제하다, 훈계하다, 예의바르다

之(지) : 가다, 이르다, 어조사, ~의(소유격 조사), 그것(지시대명사)

餘(여) : 남다, 넉넉하다, 나머지, 여가(여분), 정식 이외의

力(력, 역) : 힘, 일꾼, 군사(병사), 힘쓰다, 부지런히 일하다

學(학) : 배우다, 공부하다, 모방하다, 가르침, 학교, 학문, 학파

文(문) : 문장, 글월, 어구, 서적, 무늬, 채색, 학문이나 예술

영명불측 이 내 모음

황윤석(黃胤錫)

靈明不測(영명불측) 이 내 모음 出入無時(출입무시) 이 내 모음

毫釐間(호리간) 千里(천리) 萬里(만리)오 須臾間(수유간) 千古(천고) 萬古(만고)ㅣ러라

아마도 輕輕(경경)히 照管(조관)ᄒ고 略略(약략)히 存在(존재)ᄒ여 敬字(경자) 닛지 마오려니

[출전 : 『이재난고(頤齋亂稿)』「목주잡가(木州雜歌) 속고(續稿)」]

어휘 풀이

靈明不測(영명불측) : 신령스럽고도 분명하면서도 측량할 수가 없음

모음 : 마음

出入無時(출입무시) : 나가고 들어오는 것이 정해진 시간이 없음

毫釐(호리) : 터럭 끝

須臾(수유) : 잠깐, 순식간, 촌각, 시간의 단위(하루는 30 수유임)

輕輕(경경) : 가벼운 모양, 경솔한 모양

照管(조관) : 부탁을 받아 보관함, 부탁으로 일을 돌보아 줌

略略(약략) : 매우 간략한 모양

닛지 : 잊지. 옛 한글에서 기본형은 '닛다'로 '잊다'의 뜻

작품 해설

이 시조를 현대어로 풀이하면 다음과 같다.

영명하여 헤아릴 수 없는 이내 마음, 때 없이 출입하는 이내 마음.

조금이라도 천 리 만 리요, 잠깐이라도 천 년 만 년이더라.

아마도 가볍게 맡아서 보관하고 간략하게 존재하여 경(敬)자를 잊지
않으리.

내 마음이 언제나 선한 본성에 따라 움직인다면 내 행위는 언제나 올
바를 것이다. 그렇지만 인간인 이상 마음은 감정과 욕심에 따라 이리저리
흔들린다. 초장에서는 이처럼 이리저리 흔들리는 마음을 묘사하고 있다.
처음에는 작은 차이이지만, 그것이 쌓이고 쌓이면 결국은 크게 달라져 버
린다. 따라서 내 마음을 선한 본성으로 이끌어가는 수양이 필요하다. 그
방법은 언제나 정신을 집중하고 마음을 다잡아서, 언행을 삼가고 진실을
추구하는 '경'의 철학에 담겨 있다. '경'의 정신을 잊지 않겠다는 의지가 작
품에 잘 드러나 있다.

지은이 소개

황윤석(黃胤錫, 1729~1791년)은 조선 후기의 운학자(韻學者)로, 본관은 평
해(平海)이며, 자는 영수(永叟), 호는 이재(頤齋)·서명산인(西溟散人)·운포주
인(雲浦主人)·월송외사(越松外史)이다. 김원행의 제자이다. 1759년에 진사시
에 합격한 후, 여러 관직들에 임명되고 사퇴하기를 반복하였다. 그는 처음
에는 성리학을 공부하였는데, 점차 실학(實學) 연구도 함께 하였다. 그는
지식에 대한 탐구정신이 매우 강해서 여러 분야를 공부했고, 그 결과 대
단히 박학했다고 한다. 또한 서양의 과학에도 관심을 가져, 자신의 성리학
속에 서양의 과학을 도입하는 작업을 시도하기도 하였다. 저서로는 『이재

유고(頤齋遺稿)』・『이재속고(頤齋續稿)』・『이수신편(理藪新編)』 등이 있다.

더 알아보기

◆ 퇴계 이황이 생각한 '마음'과 '경'

퇴계 이황은 어린 임금인 선조에게 성왕(聖王)이 되어 훌륭한 정사를 펼칠 것을 당부하면서, 성인이 되는 학문의 요지를 담은 『성학십도』를 지어 바쳤다. 『성학십도』는 열 개의 도표(그림)와 설명으로 이루어져 있는데, 그중 여덟 번째 그림이 「심학도(心學圖)」이다. 「심학도」는 '심'과 '경'을 중심으로 그려져 있다.

이황은 '마음(心)'을 '내 한 몸의 주인'이라 하고, '경'을 '마음의 주인'이라고 했다. 즉 마음이 내 몸을 통제하지만, 만약 마음이 외부 세계의 자극과 유혹에 흔들릴 때 스스로를 통제할 수 있는 중심은 '경'이라는 뜻이다.

이황은 '마음'은 본체이고, '경'은 그 마음을 올바르게 유도해가는 방법이라고 여겼다. 그리하여 마음을 바둑판에 비유하고, 경을 바둑을 두는 것에 비유하였다. 마음은 내가 존재하는 이유요, 경은 마음을 스스로 통제해가는 실천이라 할 수 있다.

사람의 마음이 선한 본성에 따라 작용할 때에는 훌륭한 마음, 즉 도심(道心)이 된다. 그러나 이 도심도 욕심에 따라 움직이는 인심(人心)과 따로 떨어질 수 없다. 인심과 도심은 한 마음의 두 모습이다. 따라서 '경'을 통해 인심을 잘 다스려서 도심으로 이끌어가는 공부(수양)가 필요하다.

이황이 이 그림을 통해 선조에게 하고 싶었던 이야기는 '경'을 통해 마음을 수양해야 한다는 것이었다.

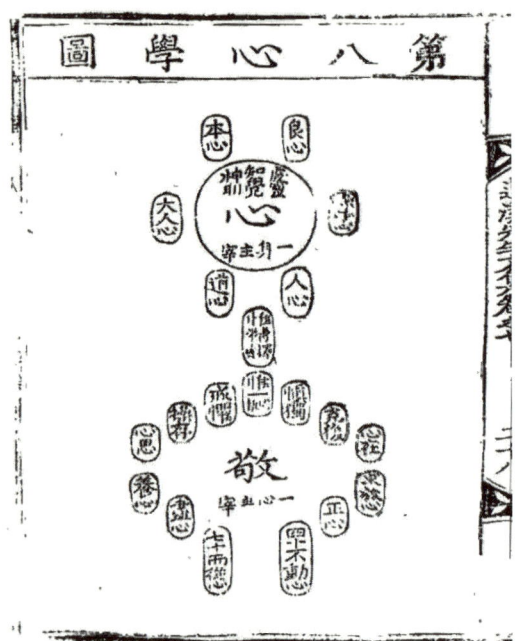

한자 익히기

靈(령, 영) : 신령, 혼령(혼백), 신령(영험)하다, 총명하다, 죽은 사람의 혼령

明(명) : 밝다, 명료하다, 똑똑하다, 명백하다, 나타나다

不(불, 부) : 아니다, 아니하다, 못하다, 없다, 말라(금지의 뜻)

測(측) : 헤아리다, 재다

出(출) : 나다, 태어나다, 나가다, 추방하다

入(입) : 들다, 들이다, 간여하다

無(무) : 없다, 아니다, 말다, 금지하다, 하지 않다

時(시) : 때, 계절, 시한, 당시, 때마다, 시세, 때를 맞추다

毫(호) : 가는 털, 조금, 가늘다, 붓의 촉

釐(리) : 다스리다, 정리하다, 개정하다, 아주 작은 수

須(수) : 모름지기, 틀림없이, 마침내, 잠깐, 본래(원래), 마땅히 ~해야 한다

臾(유) : 잠시(잠깐), 기름지다, 만류하다

輕(경) : 가볍다, 가벼이 여기다, 업신여기다, 천하다

照(조) : 비추다, 비치다, 환하다, 대조하다, 햇빛, 거울, 증서

管(관) : 피리, 대롱, 다스리다, 주관하다

略(략, 약) : 다스리다, 간략하다, 노략질하다, 덜다, 범하다, 날카롭다, 경륜하다,
  대강, 거의

문왕자 무왕제로

박효관(朴孝寬)

文王子(문왕자) 武王弟(무왕제)로 富貴(부귀) 雙全(쌍전)ᄒᆞ신 周公(주공)

握髮(악발) 吐哺(토포) ᄒᆞ샤 愛下敬謹(애하경근) ᄒᆞ샷거든

엇디타 後世(후세) 不肖(불초)는 驕奢(교사) 自尊(자존) ᄒᆞ는고

[출전 : 『가곡원류(歌曲源流)』]

어휘 풀이

文王子(문왕자) 武王弟(무왕제) : 문왕의 아들이자 무왕의 동생. 문왕과 무왕은
　　은나라의 포악한 주왕을 물리치고 주나라를 세운 성인들이다.

富貴雙全(부귀쌍전) : 재산과 지위를 함께 갖춤

握髮吐哺(악발토포) : 손님이 오면 머리를 감다가도 머리를 움켜쥐고 맞이하고,
　　음식을 입에 넣었다가도 뱉고 맞이한다는 의미로, 현인을 얻기 위해 노력하
　　는 모습을 비유한 말이다.

愛下敬謹(애하경근) : 백성을 사랑하고 삼가고 공경함

後世(후세) 不肖(불초) : 선대의 덕망이나 유업을 이어받지 못한 후손

不肖(불초) : 아버지를 닮지 않았다는 뜻으로, 못나고 어리석은 사람을 이르는
　　말. 혹은 아들이 부모에게 자신을 낮춰 이르는 말

驕奢自尊(교사자존) : 교만하고 사치하며 스스로 잘난 체함

작품 해설

이 시조를 현대어로 풀이하면 다음과 같다.

문왕의 아들이자 무왕의 아우로서 부귀를 모두 갖추신 주공은

현자 앞에서는 하던 일을 그만두고 맞이하였고, 백성을 사랑하며 삼

가 공경하였거늘,

어찌하여 후세의 불초자는 교만하고 잘난 체하는가.

주공은 천하를 안정시키고, 문화를 부흥시켰으며, 백성들을 사랑한 성인으로 손꼽는다. 그의 아버지와 형은 주나라를 세워 천자가 된 문왕과 무왕이다. 그런 성인도 현자를 공경하고 백성들을 사랑했음을 밝힘으로써, 남을 공경하고 자신의 언행을 조심할 것을 일깨우는 내용이다.

지은이 소개

박효관(朴孝寬, 생몰년 미상)은 조선 말기 고종 때의 가객으로, 자는 경화(景華)이고, 호는 운애(雲崖)이다. 1876년(고종 13년)에 제자 안민영(安玟英)과 함께 3대 가집의 하나인 『가곡원류』를 편찬하였다. 『가곡원류』는 조선 시대 가곡인 창(唱) 및 한국 음악의 원리를 연구하는 데에 귀중한 자료로 여겨진다. 박효관은 시조 가단을 형성하여, 안민영을 비롯한 많은 제자를 양성함으로써, 시조문학의 황금 시대를 재현하였다. 한국의 창과 문학 및 음악 이론을 발전시켰으며, 후진을 양성하는 등 다방면으로 시조문학계에 공헌하였다. 그는 흥선대원군의 총애를 받는데, 운애라는 호도 대원군이 지어주었다고 한다. 또한 그를 중심으로 풍류객들이 승평계(昇平契)를 만들었다고도 한다. 작품으로는 시조 12수가 전한다.

더 알아보기

◆ 주공(周公)에 대하여

고대 중국의 주나라는 문왕과 무왕이라는 두 명의 뛰어난 왕이 세웠다고 한다. 주공은 바로 그 문왕의 아들이자 무왕의 동생이다. 문왕은 주나라의 기틀을 마련한 뒤 무왕에게 자리를 넘겨주었으며, 무왕은 포악한 은나라의 주임금을 죽이고 주나라를 세웠지만, 얼마 지나지 않아 죽었다. 무왕의 아들인 성왕은 직접 정치를 담당하기에는 너무 어렸기 때문에, 삼촌이었던 주공이 대신 섭정하면서 주나라 문화의 기반을 닦았다. 그 과정에서 왕위를 찬탈하려 한다는 오해도 받았으나, 결국 훌륭하게 임무를 완수한 후에 성왕에게 정권을 돌려주었다. 이후 유교에서는 그를 성인으로 추앙하였으며, 오늘날까지도 중국의 문화를 세운 인물로 존경받고 있다. 『서경』에는 주공이 정치를 담당할 때의 기사와 언행이 많이 실려 있다. 공자가 꿈에서 주공을 만나지 못한 지 오래되었다고 한탄한 일화는 유명하다.

◆ 머리를 움켜쥐고, 먹던 음식을 뱉는다[악발토포(握髮吐哺)].

주공이 어린 천자 대신 섭정했던 7년 동안, 예물을 들고 찾아가 스승으로 모신 보통사람이 10명, 친구로 찾아간 사람이 12명, 시골의 가난한 집에 사는 사람 중에 먼저 찾아간 사람이 49명, 적시에 좋은 의견을 올린 사람이 백 명, 그를 가르쳐준 사람이 천 명, 궁전에 찾아온 사람은 만 명이었다.

천자인 성왕이 주공의 아들 백금을 노나라에 제후로 봉하자, 주공이 백금에게 다음과 같이 훈계하였다.

"가거라! 노나라의 군주라고 해서 선비들에게 교만하게 굴지 말라. 나는 문왕의 아들이요, 무왕의 아우이며, 성왕의 숙부이고, 더구나 천하의 재상이다. 나는 결코 천하에 가벼운 존재가 아니다. 그렇지만 나는 머리를 감다가도 찾아온 선비를 만나기 위해 감던 머리를 움켜쥐고 나간 것이 세 번이나 되고, 밥을 먹다가도 먹던 음식을 뱉고 달려 나간 것이 세 번이나 된다. 그럼에도 여전히 천하의 귀한 인재를 놓칠까봐 걱정하고 있다. …(중략)… 존귀하기로는 천자요, 부유하기로는 천하를 소유했다고 하더라도, 겸손해야 한다. 겸손하지 않다가 천하를 잃고 자신까지 망친 자가 있으니, 바로 하나라의 폭군 걸과 은나라의 폭군 주이다. 어찌 삼가고 조심하지 않을 수 있겠느냐? …(중략)… 항상 경계하여라. 노나라의 군주라고 해서 그곳 선비들에게 교만하게 굴어서는 안 된다."

[출전 : 『한시외전』]

한자 익히기

武(무) : 무인, 무사, 무예, 군대, 굳세다, 용맹하다.

富(부) : 부유하다, 넉넉하다, 풍성하다

貴(귀) : 귀하다, 신분이 높다, 값이 비싸다

雙(쌍) : 쌍, 짝이 되다, 견주다

全(전) : 온전하다, 무사하다, 갖추다, 완전히

握(악) : 쥐다, 주먹, 손아귀

髮(발) : 터럭, 머리털

吐(토) : 토하다, 털어놓다, 드러내다

哺(포) : 먹다, 먹이다

愛(애) : 사랑, 사랑하다, 친밀하게 대하다

下(하) : 아래, 아랫사람

敬(경) : 공경하다, 훈계하다, 정중하다, 예의가 바르다

勤(근) : 부지런하다, 근무하다, 힘쓰다, 근심(걱정)하다, 괴롭다, 일, 직책, 임무, 괴
　　　로움, 고생, 근심

後(후) : 뒤, 늦다

世(세) : 세상, 때

不(불, 부) : 아니다, 말라(금지어)

肖(초) : 닮다, 작다, 꺼지다, 없어지다

驕(교) : 교만(오만)하다, 경시하다, 속이다, 기만하다, 총애하다, 제멋대로 하다

奢(사) : 사치(낭비)하다, 과분하다, 지나치다, 넉넉하다, 자랑하다, 뽐내다, 오만하
　　　다, 낫다, 아름답다, 사치

自(자) : 스스로, 몸소, 자기, 자연히

尊(존) : 높다, 높이다, 우러러보다